ほろよい読書

おかわり

青山美智子 朱野帰子 一穂ミチ
奥田亜希子 西條奈加

JN019147

双葉文庫

ほろよい読書　おかわり

目　次

きのこルクテル

青山美智子

青山美智子（あおやま みちこ）

1970年、愛知県出身。2017年に刊行したデビュー作『木曜日にはココアを』で宮崎本大賞、21年『猫のお告げは樹の下で』で天竜文学賞を受賞。同年『お探し物は図書室まで』、22年『赤と青とエスキース』、23年『月の立つ林で』が本屋大賞ノミネート。主な著書に『鎌倉うずまき案内所』『ただいま神様当番』など。

「好き」という言葉を使わずに、好きという気持ちを伝えられるのが名文だ。

僕の敬愛するミステリー作家、真柴《ましば》カイトの言葉だ。

当時十五歳だった僕が初めて読んだのは、出版されたばかりのデビュー作だった。その作品は文芸界で栄誉ある「ブックシェルフ大賞」を受賞し、人気女優、紅珊《くれないさん》瑚《ご》の主演で映画化され大ヒットした。今年、作家として十周年。僕が真柴カイトについて知り得るのはそれだけだ。でも著書なら全部読んでいる。

真柴カイトは顔出しをしない。テレビにも雑誌にも現れないし、覆面でのインタビューすら受けていない。むろん、サイン会もない。そしてエッセイやコラムも見たことがなく、完全に小説書きに徹しているようだった。

だから『真柴カイトの文章講座』という本が出版されたときは心が震えた。ずっと憧れていた作家が、フィクションの登場人物としてではなく、本人として何を伝えてくれるのかドキドキした。

しかも小説講座ではなくて「文章講座」だ。三年前、大学時代からアルバイトしていた編集プロダクションを離れて、フリーランスでライターの仕事をしようと決めたタイミングでの刊行。この本は僕にとってバイブルとなった。

真柴カイトの文章は、骨太で堂々としている。読者をあっと言わせるトリックはもちろん、目に浮かぶような情景の表現力、こわいぐらいリアルな心理描写には唸《うな》らされるばかりだ。明快にして豪快、それでいてどこかぬくもりのある言葉選び、気持ちのいい文脈の流れ。僕は真柴カイトからいろんなことを学んだ。

『好き』という言葉を使わずに、好きという気持ちを伝えられるのが名文だ。」

本の中にあったその一文が特に心を打った。僕はいつも、これを座右の銘にして原稿を書いている。

週刊誌『FUTURE』の編集者、進藤《しんどう》さんから電話がかかってきたのは昨日の夜だ。

これまで進藤さんからは何度か仕事を受けている。ショップの紹介記事や資料を見て書くモノクロ読み物ページなどがメインで、こまごましたものが多い。

昨日の電話は、都内にあるバーの紹介記事一件だけの依頼だった。特集に載せるはずだった店が突然閉店することになってしまい、急遽《きゆうきょ》、別の店を掲載することになったので取材に行ってほしいとのことだった。

「まいったよ、明後日が校了でさ。おススメ二十店って謳《うた》っちゃってるし。永瀬《ながせ》くん、酒飲まないのは知ってるけど、行ってもらっていい?」

僕が下戸であることを前々からよくいじってくる進藤さんは、そう言った。バーや酒に詳しくない僕には、普段なら回ってこないはずの仕事だった。

「他のライターに何人か声かけたんだけどさ。みんな忙しくて、明日の夕方取材で当日中に原稿アップなんて、急すぎて無理って言うんだよね」

電話の向こうで進藤さんが悲愴な声を出した。

きっと僕ならヒマだろうと……つまり、仕事依頼なんてたいしてないであろうと暗に言われたようで、内心傷ついた。

だけど僕は拒めなかった。失礼な無茶振りだとしても仕事がもらえるのはありがたいし、実際、明日は特に予定がない。

「酒が飲めないとわかんないかもしれないけど、これまでのバー特集とか参考にして、ささっと真似《まね》して書いてよ」

ささっと真似して。

ざらりとした不快感を覚えながら、僕はこの仕事を引き受けた。文字数とレイアウトのPDFがメールで送られてきて、カメラマンを手配する余裕がないのでスマホで写真を撮ってくるようにと指示があった。一番小さい記事にするからそれで充分だと進藤さんは言った。

そして今日、僕は「ゴー・イースト」というバーに向かっている。

店は五時からなので、開店前の四時に来てほしいとのことだった。

茶色いドアを開けると、カウンターの中に仏頂面の男性がいた。白いシャツに黒いベストを着ている。口をへの字に曲げたまま、彼は僕をじろりと見た。

僕は少しビビりながら、上ずった声で言った。

「FUTUREの取材でおうかがいしました、永瀬といいます」

「あぁ」

低い声でうなずき、男性はカウンターから出てきた。

「ライターの永瀬旬《しゅん》です」

僕は名刺を渡しながら言った。男性もポケットから名刺入れを取り出す。

「店主の東郷《とうごう》です」

差し出された名刺には、東郷清徳とあった。とうごう・きよのり。荘厳な名前だ。

「急な取材依頼をお受けくださり、ありがとうございます」

僕が頭を下げると、東郷さんはちょっと自嘲気味に言った。

「まあ、どっかの店がドタキャンにでもなって、穴埋めってところだろ」

いえ、と言葉を濁しながら、心の中で「僕も似たようなもんです」とつぶやく。

「お話を聞かせていただきたいのと、バーテンダーさんとカクテルのお写真を撮らせていただきたいのですが」

「ああ、そんなこと言ってたな。いいよ」

東郷さんは僕をカウンター席にうながし、店の端に声を投げた。

「なんかカクテル作っといて」

それで僕は初めて、奥のテーブルに女性がいたことに気が付いた。

細面のその女性は、東郷さんと同じように、白シャツに黒いベストを合わせていた。ナプキンを折る作業を止め、女性は立ち上がってこちらにやってくる。

「俺の妹なんだ。名前は、いづる。東郷いづる」

僕はいづるさんにも挨拶をして名刺を渡す。いづるさんは名刺を持っていないのか、細い目をにこりともさせず「どうも」とだけ言って受け取った。

ノートにメモを取りながら、僕は東郷さんに取材をした。開業時期、店のセールスポイント、おすすめのメニュー。

東郷さんはカウンターの中にある丸椅子に座り、ふんぞり返って腕を組みながら僕の質問に答えた。ぶっきらぼうで尊大な物言いだった。

いづるさんは、淡々とカクテルを作る準備をしている。ひっつめた黒髪をゴムでひとつに括《くく》っていて、表情はむすっとしたままだ。客商売でその愛想のなさはどうなんだという気もしたけど、バーテンダーの個性としてはアリなのかもしれないし、もっとも僕は客ではないので仕方ない。

「店名の由来をお聞かせいただけますか」

「俺の名前、東郷だろ。東へＧＯ。ってことで、ＧＯ ＥＡＳＴ」

東郷さんはなんだか嬉しそうに、ニヤーッと笑った。

「すごくいいネーミングです」

僕が言うと、東郷さんは「だろ?」と人差し指を突き立てる。相当気に入っているらしい。

「東っていうのはさ、太陽が昇ってくる方角だろ。夜明けがくるまでこの店でゆっくり待とうぜって意味を込めてつけたんだよね」

店の創業は十二年前。天然木にこだわった一枚板のカウンターが自慢。チャージ料は取らない。親戚が愛媛で蜜柑《みかん》農家をやっていて、この店で使うオレンジジュースはそこのオリジナル商品……。饒舌《じょうぜつ》になった東郷さんの言葉をノートに書き付けていると、シャカシャカシャカという小気味のいい音が聞こえてきた。

そちらに目をやり、僕はハッとした。

シェーカーを振るいづるさんの姿が、びっくりするほどなまめかしかったからだ。

細い指先から流れる腕のしなやかさ、半開きの瞳。束ねた黒髪がつややかに揺れた。

すべての所作に無駄がなく、官能的で美しい。

いづるさんは銀色のシェーカーから三角のグラスに向かって、とろりと白い液体を流し込んだ。

「フローズン・ダイキリです」

ぼーっと見惚れていた僕は、いづるさんにそう言われて我に返り、あたふたとスマホを取り出した。写真を撮らなくてはならない。

いろんな角度から何度もシャッターを切っていると、東郷さんが言った。

「文豪、アーネスト・ヘミングウェイの愛したカクテルだ」

「そうなんですか」

僕は顔を上げる。東郷さんが「ヘミングウェイ」だけでなくフルネームで呼んだのが、なんだか意外だった。バーテンダーの知識として、それくらいのことは説明できるようにちゃんと頭に入っているのだろう。

「バーテンダーさんのお写真も必要なのですが……」

僕はふたりに目配せをする。あわよくば、いづるさんを写真に収めておきたいという下心が芽生えていた。

「あー、いいよ」

東郷さんがカウンターの中で姿勢を正した。

「東郷さんのお写真でいきますか」

「あたりまえだろ、俺の店だ」

東郷さんはぎゅっと眉を寄せる。

まあ……そうか。そうだよな。

僕は東郷さんの顔写真も何枚か撮った。

念のため東郷さんに画像を確認してもらい、スマホをズボンのポケットに入れると
こう言われた。

「飲んでいけば」

フローズン・ダイキリを指さしている。僕は戸惑った。

下戸なんです、とは言いづらい。

「……あ、いえ。ありがとうございます。でも仕事中は飲むなと編集部から言われて
いまして」

「なんだ、酒癖でも悪いのか」

「そんなところです。好きすぎて」

進藤さんが聞いたら大笑いだろう。なにせ僕は、ラムレーズンアイスを食べたぐら

いで真っ赤になってしまう人間なのだ。ビールは一口でも気持ちが悪くなるし、ワインも匂いを嗅いだだけでぼわんとした感覚に陥る。

東郷さんは顔をしかめた。

「頭の固い編集部だな。FUTUREって峰文社《ほうぶんしゃ》だろ。物書きをこき使う出版社だよな、あそこって。いろいろ黒い噂も聞くぜ」

「いや……まぁ」

僕が言葉を濁していると、進藤さんはちょっとあらぬほうを見たあと、急にしゅんとした表情になった。

「すまん、知ったようなことを。永瀬くんはがんばって峰文社と仕事してるんだもんな。悪かった」

根は善い人なのだ。僕は気を取り直してペンを執る。

「すみません、あと、顔写真の下に東郷さんの簡単なプロフィールをお入れしますので、経歴など少しお話しいただけますでしょうか」

「俺のプロフィール？　話すことなんか特にないよ。東郷清徳、三十七歳。以上」

それは困る。

「え、ええと、趣味とか、最近ハマっているものとか」

「ないよ、そんなの」

うーん、と僕が頭を回転させていると、東郷さんは逆に訊き返してくる。

「だいたい、趣味って難しいよな。永瀬くんの趣味はなんなの」

そう言われると僕も詰まってしまう。本当だよな、趣味って、難しい。

「いづるさんは、何かありますか」

苦し紛れに、カウンターを拭いていたいづるさんに話を振ると彼女も首を振った。

「私も、趣味っていうのは特に」

布巾に置かれた手をふと止め、彼女はつぶやくように言った。

「ああ、でも最近、きのこの栽培キットを買って育て始めたかな」

きのこ？

栽培キット？

東郷さんが眉間に皺《しわ》を寄せる。

「俺には理解できないねぇ。小学生じゃあるまいし、三十路《みそじ》女がまったく何をやっているんだか」

「年は関係ないでしょ」

いづるさんがつんと顎《あご》を突き出す。

みそじ。三十歳か。僕よりも五つ、年上だ。

兄妹喧嘩は続く。

「花とかハーブならともかく、なんできのこなんだよ。食いたいならスーパーで買ったってたいした値段しないし、そのほうが早いだろ」

「そういうことじゃないのよ。きのこの魅惑を知ったら抜けられないんだから」

そう言って唇を尖《とが》らせるいづるさんが、少女みたいに見えて僕はドキドキした。

「面白そうですね。僕もきのこ育ててみようかな」

僕の言葉に、いづるさんは細い目をさらに細くしてふわっと笑う。

「ほんとに？　嬉しい。初めてキンユウができるかも」

「キンユウ？」

「うん。きのこを愛する仲間を『菌友』、きのこに関する活動のことを『胞子活動』っていうの」

いづるさんはペーパーナプキンを一枚取り出し、ボールペンで書き付けて漢字を教えてくれた。

「へえ、楽しい」

「でしょう。でもなかなか共感してもらえないのよね。きのこなんて気持ち悪いって。それがまたいいのに」

気持ち悪いのがまたいい。僕はうなずいた。

「その心理、わかる気がします。あの不気味さが奥深いっていうか、もっと知りたくなるっていうか」

すると東郷さんが腕組みをして言った。

「まあ、きのこ文学っていうのもあるくらいだからなぁ」

「そんなのあるんですか」

僕は身を乗り出す。興味深い話だった。

「おう、きのこにとりつかれた文豪たちもいるってことよ。夢野久作の『きのこ会議』とか、宮沢賢治の『ありときのこ』とかな」

「すごい、読書家なんですね。趣味、読書じゃないですか」

東郷さんは苦い顔をこちらに向けた。

「やめろ、俺、それ言われるの嫌い。趣味じゃねえよ、読書は日常だ」

すみません、と僕が小さく謝ると、いづるさんが東郷さんの腕をつつく。

「もう、そういう面倒くさい性格、いいかげんにしなさいよ」

はいはい、と言って東郷さんは口を曲げる。

「いづるさんも、読書お好きなんですか」

僕が訊ねると、いづるさんはかぶりを振った。

「本なんて、読むの大変。ここ数年、ぜんぜん開いていない」

そして彼女は壁の時計をちらっと見た。そろそろ開店準備の時間だろう。

僕は引き上げる支度をし、礼を述べて店を出た。


進藤さんのリクエスト通り、僕はその日のうちに原稿をアップした。

彼の言うような「誰かの真似」じゃなく、「ささっと」でもなく、僕なりに、この店の素敵なところを精一杯表現できるように心を込めて記事に書いた。

真柴カイトの教え通り、もちろん「素敵」なんて言葉は使わない。他の言葉を駆使して、記事を読んだ人が「ゴー・イースト」に行きたいと思えるような文章を。

進藤さんにメールで原稿と画像を送ってしまうと、僕はほっと息をつく。

そして、ネットできのこの栽培について調べた。いづるさんの笑顔を思い出しながら。僕の初めての「胞子活動」だ。

思いのほか、きのこの栽培キットは豊富な種類で販売されていた。しいたけ、まいたけ、しめじ、えのき、なめこ……。

にょきにょきとカサを開かせ密集しているきのこたちを見ていたら、なんだか笑いがこみあげてきた。なんなんだろう、この生き物たちは。

いづるさんはどのきのこにしたのかな。そういえば訊くのを忘れていた。

僕はたっぷり時間をかけて栽培キットを吟味し、エリンギを選んでオーダーした。

価格は、ひと株千五百円ほどだった。注文確認のメールがすぐに届き、達成感にかられながら敷きっぱなしの布団に寝ころぶ。スマホを手に、ツイッターのアプリを開いた。

ゴー・イーストのツイッターアカウントがあることはわかっていた。僕も、物書きのはしくれとして本名でアカウントを持っている。

ゴー・イーストをフォローしてタイムラインをたどっていると、ほどなくしてフォローバックがきた。

翌週、『FUTURE』が発売されるとすぐに僕は、ゴー・イーストに向かった。店には峰文社から献本があるだろうけど、それは承知の上だった。これを口実にしていづるさんに会うために、僕は書店で最新号を買った。

六時前のゴー・イーストはすいていて、カウンター席に年配の男性客がひとりいるだけだった。常連なのか、東郷さんと向かい合って親し気にしゃべっている。

僕に気づくと、東郷さんは「おお」と言ってちょっとだけ視線をよこした。そしてまたすぐに男性客のほうへと顔を向ける。

いづるさんが出てきて「いらっしゃい」と言った。

笑顔はなく、さらっとした言い方だった。だけどそのつれなさがまた嬉しかった。「近しい人」への対応に思えたから。

「先日はありがとうございました。掲載誌、お持ちしました」

カウンターの一枚板を挟んで、出たばかりのFUTUREを渡す。いづるさんは

「ありがとう」と受け取った。峰文社からもう献本が届いているのか、自分で購入したか、それとも僕が渡したのが初見だったのかはわからない。でも彼女はていねいな手つきで僕が付箋《ふせん》を貼ったページを開き、「お兄ちゃん、載ってるね」とちょっと笑ってくれた。

東郷さんは男性客と話し込んでいる。いづるさんは掲載誌をカウンター下の棚に置き、メニューをこちらに差し出した。

「わざわざ届けてくれてありがとう。お礼に何かカクテル、ごちそうします。好きなものを選んで」

「えっ……ありがとうございます」

そんなふうに言われるとは想定外だったので、思わず礼の言葉が出た。そしてあわてて、用意していた……何度か練習してきた言葉を、口にする。

「あの、でも、実はこのあと、仕事なんです。一件、十時から取材が入っていて。まだ時間はあるので、今日は愛媛のオレンジジュース、いただけますか」

いづるさんは「ああ、そうなのね」と軽くうなずき、メニューを閉じた。

心の奥で、くしゅんと何かが縮こまる。

ここでさらりと、ツウなカクテルを選ぶことができたらスマートなのに。

下戸であることは、ずっと僕のコンプレックスだった。

体質だからどうしようもない、悪いことではない。そう思うのに、やっぱりそれは「弱点」のように感じられた。

酒の席で乾杯をするときにひとりだけ烏龍茶《ウーロンちゃ》のグラスであることや、飲みっぷりのいい同業者が仕事相手に喜ばれているのを目の当たりにすることはいつもつらい。きっと「つまらない奴」と思われているんだろうなと、自分は「負け」のような気がしていた。

進藤さんには「飲めないの？　そりゃ仕事取るの損してるねえ」とはっきり言われたりして、自分に依頼が回ってこないのはそのせいなんじゃないかと卑屈になってしまうこともあった。

今はそこにまた、新たな感情が生まれ始めている。

お酒が飲めれば、この店に通えるのに。

いづるさんともっと仲良くなれるのに。

「文章を書く仕事って大変でしょうね」

グラスを取りながら、いづるさんが言った。

ねぎらいの言葉をかけられ、ほわっと胸があたたかくなる。

「でも、僕が一番やりたいのはこれだったから……。仕事が大変っていうよりも、フリーだから仕事をもらうのが大変なんですけど」

いづるさんが僕の前にコースターを置く。

「やりたいという気持ちが続いているっていうのが、とても素晴らしいことよ」

その言葉のあとに現れたオレンジジュースは、目の覚めるような明るい色合いだった。グラスの縁に、三日月形にカットされたオレンジがかかっている。皮には翼のような切れ込みが入っていた。

「おいしそうだな」

「おいしいのよ」

いづるさんはすました顔で言った。僕はふふっと笑い、本当においしいオレンジジュースを飲んだ。

カウンター越しに、僕たちはぽつぽつと話をした。

「僕も、きのこの栽培キットを買いましたよ」

僕がそう言うと、いづるさんはまた、あのときみたいに目を細めて嬉しそうな表情を浮かべた。

「そうなんだ！　何にしたの」

「エリンギです」

「へえ、私はヒラタケ」

先週、取材した日にネット注文した栽培キットが家に届いたのは三日前だ。

二十センチ四方ほどの紙箱の中に、ずっしりとしたビニール袋が入っていた。ぱんぱんに詰まって固まったおがくずの上に、ふわふわした白いものが見えた。

僕は説明書を片手に、その得体の知れない「きのこのもと」に取り組んだ。
①ビニールの封を切る
②上部の白い膜部分を、スプーンなどで掻き取る
③水道水を溜める
④三十分したら水を流す
⑤備え付けの赤玉土で全面を覆う
以上。

簡単だった。あとは、二日に一回ぐらい、霧吹きで水を与える。二週間程度で発芽が始まると書いてあった。

「やり始めたばかりだから、まだまだこれからですけど」

僕がそう言っているそばで、いづるさんは自分のスマホを取り出して操作し始めた。唇の端がほんの少し、上がっていた。

「ほら、見て。実は昨日、現れたの。感動的」

目の前に突き出されたスマホの画面に、小さな珊瑚みたいなものが映っている。全体が白くて突起の先が黒く、土の端っこでビニールに寄りそうようにして群れていた。

「最初は、あれっ、カビ生えてるって思ったのよね。そしたら、ちゃんときのこだったの」

「えええー、いいなあ。僕のも早く育たないかな」

僕が顔を近づけて見ていると、いづるさんは楽しそうに言った。

「お兄ちゃんなんて、ウゲーッて言ってたわよ。よかった、菌友ができて」

僕はくすぐったい気持ちを隠せず、グラスを口に運んだ。愛媛のオレンジジュースは、いい匂いで、甘酸っぱい。

「どうしてヒラタケにしたんですか」

「カサのひらひら感が、エレガントだなあと思って。永瀬さんはどうしてエリンギ?」

「なんていうか、エリンギは、しゅっとしてハンサムだって思ったから」

お互いに、わかるわかる、なんて言い合っているところに、東郷さんが来た。

「なんだそりゃ、俺にはさっぱりわからん」

いづるさんは笑いながら東郷さんを軽くにらみ、僕に目線を戻す。

「永瀬さんのきのこが育ったら、見せてね」

「ええ、もちろん」

じゃあ、ラインの交換しませんか。

これも、用意していた……百回ぐらい練習してきた言葉だった。

でもこのタイミングで、隣に東郷さんがいる。言い出しかねているうちに、いづるさんが「あ、それなら」とスマホを掲げた。高まる期待で胸がぎゅおんっと鳴り響いた。

「ツイッター、相互フォローしてるわよね。DMで経過報告してください」

「……あ、ですね。はい」

ツイッターのDM……か。

もちろん、画像やメッセージを送るのになんら問題はない。

でも、ゴー・イーストのアカウントということは、東郷さんもそのDMを読む可能性がある。

となると、となると……。いづるさんを口説くようなことは、何も言えない。

僕はそれ以上は踏み込めず、苦笑いしながらオレンジジュースを飲み干した。

そこから、僕といづるさんのDMでのやりとりが始まった。

いづるさんから送られてくる文面は、短いけどズバッと的を射ていて楽しくて、僕はいづるさんをますます好きになっていった。

だけどそのメッセージはいづるさんというよりもゴー・イーストから送られてくるものだ。必然的に、東郷さんの存在を意識せざるを得なかった。

僕はメッセージの言葉選びに心を砕いた。

どうやったら、「好き」という言葉を使わずに、いづるさんに好きという気持ちを伝えられるのか。

まるで真柴カイトの文章講座の訓練のようだった。

いづるさんのヒラタケは、その後すくすくと育っていく。黒い突起はつややかに丸みを増し、しなやかなカサとなり、この世の喜びを謳うようにして開いていった。

なのに、僕のエリンギはなかなか発芽しなかった。何度霧吹きで水をかけても、何度土をのぞきこんでも、うんともすんとも言わないのだ。

こちらからメッセージを送るきっかけがつかめず、僕はあせった。きのこが育ってくれないと、僕の恋も育たない。


数日後、いづるさんから届いたＤＭの画像は、それはもうでろでろに育ち切ったヒラタケだった。

ひときわばかでかい一本が、ゾウの耳のように広がったカサをその身から垂らしている。すぐ隣に添うように、それよりは少し小ぶりサイズが二本、親分の根元を拠点にして傾いていた。その大きなやつらは、カサのところどころに切れ目が入り、なんとかやっと立っているという感じだった。彼らの足下には、しなびた小さなきのこの大群が、まるで戦いを終えた敗者たちのようにぐったりと体を曲げて横たわっている。

なんとも不思議な光景だった。ちょっと前まで、社交界デビューを果たした乙女たちがドレスを翻しているかのようだったのに。

いづるさんのDMは、いつになく長文だった。

「収穫を怠っていたら、数本だけが巨大化し、残りのきのこはしわしわに搾り取られてしまって、自然界の弱肉強食みたいな構図になっておりました……。育ちすぎた数本も、自身の重さに耐えきれずカサのところが割れてきて、盛者必衰ともいえる最期でした」

なんと文学的な。僕は感動を覚えた。盛者必衰。

中学校の頃、国語の授業で習った。たしか『平家物語』だ。

沙羅双樹の花の色、盛者必衰の理《ことわり》をあらはす――。

古典を引用してくるなんて、いづるさんもやるなぁと思っていたら、こんな文章が続いていた。

「大きくなっているときには、それ自体がおもしろくて、もっと、もっとと欲が出て、自分の愚かさに気が付かないものなのかもしれない。周囲が見えなくなってしまうのかもしれない。やはり、身分不相応な欲張りはだめです」

文章はそこで終わっている。

笑い泣きマークの絵文字でもついていたら、冗談だと受け止めていただろう。

でも薄いグレーの背景に並んでいるその文字たちからは、何か、哀愁めいた寂しさが匂い立っている気がした。

僕は何度も何度もそのメッセージを読み、ゆっくりと返信を打った。いづるさんを元気づけたくて。

「僕は、欲張りがだめだなんて思いません。その巨大化したきのこは、この狭いキットの中で、自分なりに精一杯がんばってきたんだと思います。だからきのこは何も悪くなくて……その胞子が広い森の中へ飛んでいったら、次はのびやかに気持ちよく育つんじゃないかな」

いづるさんからの返事は、それきりなかった。

僕はとたんに不安になった。

見当はずれなことを書いてしまったのだろうか。きっとそうだ。

何を偉そうに、わかったようなことを。いづるさんの考えを否定するようなことを。

……………やってしまった。

僕は後悔し、猛省し、しかし「変なこと書いてすみません」なんて弁解するのもみっともなく思えて、ただただ途方に暮れた。

その翌日、栽培キットに霧吹きで水をかけようとして、「あっ」と声が出た。土のすみっこに、ちっちゃな白いものが三つ四つ、顔をのぞかせていたからだ。スーパーで見かける、僕がよく知っているエリンギの姿とは程遠い。やわらかそうな丸い粒で、先端に突起がちょんと飾りのようについている。それは、昔飼っていた犬の乳房を思わせた。

そこからは早かった。朝と夜とで、もう姿が違うのだ。ぐんぐんと育っていくエリンギを見ながら、僕は何度感嘆のため息をついたか知れない。

真っ白だった丸い体はアイボリーに色づきながらスマートに背を伸ばし、カサがしっかり整ってくると、ヘアスタイルのばっちりキマッた美少年のようだった。

僕はそのつど何枚か写真を撮ったが、いづるさんにDMすることができなかった。もう嫌われたかもしれない。そう思うと、メッセージを送って冷たくされるのがこわかった。

僕はただただ、きのこを見つめ、きのこを愛し、きのこについて調べた。

きのこは、気持ち悪くて、こわくて、楽しくて、かわいくて、エロくて、さまざまな驚きに満ちていた。

たまたま菌が置かれた場なのだろうか、それとも周囲の面々の影響なのだろうか、遺伝的な要素なのだろうか。運としか思えないような成長の差もあった。

いづるさんの「盛者必衰」にも通ずる、仏教的人生観を感じた。世の中は無常で、人生は儚《はかな》い。

そんな哲学的なことを考えさせられる一方で、「食」というカテゴリーでとらえようとすると、きのこはとたんに健康的になる。キッチンや食卓において、彼らは明るい人気者でしかない。

免疫力アップ、血液サラサラ、丈夫な骨づくり。

タンパク質、カリウム、ビタミン、食物繊維、ベータ・グルカン……。

僕はすっかり、きのこに惹かれていった。その傍らでいづるさんを想いながら。

そんな中、僕は午前中に一本のメールを受け取った。

峰文社から出ている『ミモザ』という主婦向け雑誌の副編集長、折江《おりえ》さんという男性からだった。

ていねいな挨拶のあと、進藤さんからの紹介でメールをしていること、タイトスケジュールで大変申し訳ないが「家事アプリ」の特集記事をお願いできないかと書かれていた。

可能なら、できるだけ早くに一度会って打ち合わせをしたいと要望があり、僕はすぐに「折江さんがよろしければ今日にでもおうかがいできます」と返信した。

折江さんは「それは助かります」とすごく喜んでくれて、夕方から峰文社で会うことになった。

進藤さんが紹介してくれたなんて。僕はじんわりとした感謝で満たされていた。

いつもなんとなくコケにされてるような気がしてたけど、僕のライターとしてのスキルをちゃんと認めてくれていたのだ。嬉しかった。

峰文社の受付を通って『ミモザ』編集部に行くと、五十代半ばぐらいの男性が迎えてくれた。肌が浅黒くて健康的だった。メールの落ち着いた雰囲気と比べて、エネルギッシュなムードを醸し出している。

編集部の隅にある応接用のデスクで打ち合わせをした。あらかじめ読者からアンケートを取っており、その集計を見つつ、家事アプリの紹介をするという四ページ企画だった。アプリは多岐にわたり、読者のコメントを拾ったり、実際の使い勝手を自分でも調べたりしながらの細かい作業になりそうで、たしかにスケジュール的にはきつい。でも、納期に余裕のある他の仕事を後にすればなんとかなるだろう。

「集計に手間取っちゃって、本当に時間がなくて申し訳ないんだけど。お願いできますか」

すまなそうな折江さんに、僕は元気よく答える。

「はい、大丈夫です」

「よかった、心強いよ」

折江さんはペットボトルのボルヴィックをごくりと飲み、ほっとしたようにほほえんだ。

僕も、さっき出してもらったコーヒーに口をつける。

「バー特集の原稿、読ませてもらったよ。リズムのいい、あったかい文章だなと思った」

折江さんにそう言われて僕は、思わずむせた。それくらいに感激したのだ。

「あ、ありがとうございます！」

にやけた顔で咳《せ》き込んでいる僕に、折江さんが続けた。

「他にどんなの書いてるの？　得意ジャンルは」

「…………えっと」

それを訊かれると、僕は何も答えられなかった。ショップ取材とか、今回のようにデータ集計を元に記事をまとめるとか、いつも出版社から与えられたお題をこなすだけだ。

口ごもっていると、折江さんは特に回答を急《せ》き立てるでもなく、ゆったりと言った。

「ミモザではよく、外部のライターさんからも企画受け付けしてるから。何か思いついたらぜひ持ってきて」

はい、と返事をしようとしたら、進藤さんが通りかかった。よお、と片手を上げてこちらに向かってくる。

「なに、永瀬くん、もう来たの。俺が紹介したの今朝じゃん」

僕は立ち上がって一礼した。

「ご紹介いただき、ありがとうございます！」

折江さんもにこにこと進藤さんに顔を向ける。

「こんな早く対応してくれて、すごくありがたいよ」

進藤さんは得意げに鼻を鳴らして笑った。

「な、言っただろ。ドタキャンのピンチヒッターとしては適役だって。永瀬くんって、いつ声かけてもあいてるし、なんでもやってくれてギャラも安く頼めるし、ほんと便利なライターだから」

すっと、血の引く思いがする。

ピンチヒッターだったのか。………いや、そんなことはどうでもいい。問題はその後の言葉の羅列だ。

便利なライター。進藤さんは、褒めているつもりなのかもしれない。でも、喜ぶべきなのかわからなかった。僕は今、蔑《さげす》まれたんじゃないか？

でも進藤さんの言うことの、いったいどこに誤りがあるというのだろう。事実としてまったくその通りだった。言い返せることなんて、何もない。

モヤモヤした気持ちに行き場がなくうつむいていると、折江さんが「そういう言い方はないだろ」と進藤さんをたしなめた。

ここで僕がふてくされた顔をしても空気が悪くなるだけだ。僕はカラ元気で笑った。

「はい、いつでも声かけてください！　なんでもやりますんで」

進藤さんはへろりと笑い、「じゃあな」と廊下へ出て行った。


こんなとき、お酒が飲めればなと思うことがこれまで何度もあった。

どうにもできない悔しさや苛立《いらだ》ちをお酒で晴らすことができたら、どんなにいいだろう。

実際の効果のほどは、僕にはわからない。でもとりあえず多くの人にとってはお酒が味方になってくれるという状況が、心底うらやましかった。どうして僕にはそんな救済措置さえ与えられていないのか、やるせない気持ちでいっぱいだった。

あれ以来いづるさんにはDMを送れないままで、彼女からも来ない。でもそれならなおさら、勢いで「ちょっと飲みたくて」とお店に行ってしまえたら。

僕はのろのろとツイッターアプリを開く。

ゴー・イーストのアカウントでは、チーズの盛り合わせの画像がアップされていた。

「北海道の友人から送られてきた美味しいチーズ、今ならあります。ご来店をお待ちしています！」

……そうだよな。客招きとして店側が酒だけじゃなくフードもアピールしてるってことは、チーズ食べに来ましたっていうのだって、アリだよな。

あの不躾《ぶしつけ》なDMのこと、もういっそ、顔を見て謝ってわだかまりを解きたい。

「菌友」として、今なら話のネタがある。僕はなかなかいい感じに育っているエリンギの写真を撮り、ゴー・イーストに行くことを決めた。

「あ、永瀬くん。いらっしゃい」

店の扉を開けた僕に、いづるさんが自然な笑みを向けてくれた。

予想外の歓迎の表情に、僕はしばし、ドアを閉めることも忘れて立ち尽くしていた。

午後六時、テーブル客にカップルが一組いるだけの店内には、スローなジャズがかかっている。

「どうしたの。入りなよ」

東郷さんに言われて、僕は我に返る。足を踏み入れ、カウンターのスツールに腰を下ろした。

「どうぞ。カクテルの他にも、今日はいいクラフトビールが入ってるわよ」

メニューをこちらに向けるいづるさんの指先を見ながら、僕はもう、実は下戸なんですと白状してしまおうと思った。

「あの……」

「ん？」

「いや……あ、明日、健康診断なので」

苦しい嘘をついた。やっぱり言えなかった。

いづるさんもあのDMのことには触れない。きっとあえて言わないんだろう。彼女が僕にこんなふうに良くしてくれるのは客だからだ。お酒が飲めないなんてわかったら、もう相手にしてもらえないかもしれない。

「でも、ツイッター見たらチーズが美味しそうだったから。僕、チーズには目がなくて」

「じゃ、ノンアルコール・カクテルにしましょうか」

いづるさんはメニューのページをめくっていく。

「いづるさん、選んでいただけますか」

僕が言うと、いづるさんはふと顔を上げ、にっと笑ってメニューを閉じた。

冷凍庫から氷を取り出し、いづるさんは流れるような動作でグラスに割り入れた。そこに赤いシロップを注ぎ、さらに、ジンジャーエールを入れてマドラーですっとかきまぜる。

たおやかなその手つきにうっとり見入っていると、彼女はレモンの輪切りをグラスにひっかけて言った。

「シャーリー・テンプルです。どうぞ」

しゅわしゅわしたその赤い飲み物は、甘くて、さっぱりしていて、ちょっとだけピリッとした辛味も感じられた。くすぶっていた落ち着かない気持ちが、少しずつ鎮まっていく。

「……おいしい」

思わず声を漏らすと、いづるさんは白い顔を傾けてほほえむ。

東郷さんがチーズの盛り合わせを運んできた。

「ノンアルコール・カクテルのことを、最近、モクテルっていうんだよな」

「そうなんですか」

「うん。似ている、真似ているっていう意味の『mock』と『cocktail』を組み合わせた英語らしいよ」

へえ、と感心していると、いづるさんが言った。

「でも私は、その言葉はあまり好きじゃないの」

くっと眉に力を入れるようにして、彼女は続ける。

「カクテルは掛け合わせを楽しむドリンクだから、ノンアルコールだってれっきとしたカクテルだと思うの。代役みたいな扱い、ひどいなって。すごくいい仕事するのに」

いづるさんは、ノンアルコール・カクテルのことを言っている。そんなことはわかっている。でもなぜだか僕は、勝手に自分がこっそりと励まされたような気持ちになった。

「ノンアルコール・カクテルも、もっと主張してもいいと思うのよね。お酒を飲めないから仕方なくじゃなくて、本当に美味しいからこれがいい！って思わせるような。そのためにお店に来てくれる人がいたら私、すごく嬉しい」

じゃあ……。

じゃあ、僕もこれから、いづるさんのシャーリー・テンプルが飲みたいと言ってここに通ってもいいのかな。酒も飲めないつまんないヤツって、思わないでいてくれるかな。

ほっとした気持ちをあたためながら、僕は言った。

「たしかにモクテルなんて名前つけられちゃったら、なんちゃって感が出て悔しいですね。何かもっと、いいネーミングがあったらいいのに」

それを聞いて東郷さんがポンと手を叩く。

「お、いいの思いついた！　ガンバッテルっていうのはどうだ」

いづるさんが、がっくりとうなだれた。

「……ぜんぜんダメ。センスない。カクテルときてモクテルって合わせてるんだから、そこは統一でしょうよ」

僕は頭をめぐらす。

カクテルときてモクテルときて、〇クテル。

ノンアルコール・カクテルがもっと主張できるような……。真似とか代打じゃなくて、オリジナルの主役になれるような……みんなを喜ばせられるような。

「ルクテル、なんてどうですか」

僕の言葉に、いづるさんが顔を上げる。

「ルクテル？」

「はい。見るの『look』です。私を見てっていう主張でもあるし、君を見てるよっていう応援でもある」

「……いい。すごく、いい！」

目をきらきらさせて、いづるさんは顔の前で両手を合わせた。

「メニューにそう書こう。この店のノンアルコール・カクテルは、これからはルクテル」

「じゃあ、このシャーリー・テンプルはルクテル第一号ですね」

「ということになるわね」

いづるさんは満足そうにうなずく。僕は訊ねた。

「シャーリー・テンプルって、どういう意味なんですか」

「幼くしてハリウッド・スターになった名子役の名前よ。昔、アメリカで禁酒法が撤廃されたときに、大人だけじゃなくて子ども親と一緒にカクテルを楽しめるようにって名付けられたんだって」

「……いい話だなぁ」

心が弱っていたからか、僕はじーんと胸を打たれて泣きそうになってしまった。

その頃、カクテルと共に楽しいひとときを過ごした家族がいるのだ。幼いハリウッド・スターの名前を冠したこの赤い飲み物で、グラスを合わせて乾杯したであろう子どもたちの笑顔を思い浮かべ、僕は本当に幸せな気持ちになった。

「いいな。カクテルに込められたストーリーが、飲んだ人をハッピーにするんですよね。素敵な物語は、人を優しく酔わせる力があって……。自分の話じゃないのに、まるで自分のことみたいに」

ほろ酔いしたみたいないい気分で、僕はぼんやりとそう言った。

いづるさんは何か言いかけたが、すぐに口を閉じて黙る。そしてにっこりと、ただうなずいた。

店にお客さんが入ってきた。常連らしい。東郷さんが「おお、久しぶり」とそちらに離れて行った。

いづるさんとふたりになり、僕はおもむろにスマホを取り出す。

「あの、実は僕のエリンギが無事、順調に育ちまして」

フォトアプリから次々に画像を見せていくと、いづるさんは軽く歓声を上げた。

「やだ、かわいい。すごい。なんでＤＭくれなかったの」

「……いや、その……」

嫌われたかなと思ったから。

でもはしゃいでいるいづるさんを見ていたら、そういうわけじゃなかったのかなと、あえて掘り返すこともない気がした。考えてみれば、いづるさんの長文に僕も長文で返して、往復が完結したと見なされても不自然ではない。取り越し苦労。僕がよくやってしまうやつ。

「ヒラタケは、あのあとどうしたんですか」

そう訊ねると、いづるさんは照れくさそうに笑った。

「ほとんど干しきのこみたいになっちゃったけど、みーんなまとめて、味噌汁に入れて食べました！」

そしてすっきりした口調で、小さく僕に「ありがとうね」とささやいた。

えっ、何が。

テーブル席から声がかかる。

それを受けて、いづるさんはカウンターから出て行ってしまった。

問いかけようとした僕の視線をすりぬけるようにして。

折江さんから依頼された仕事をこなしながら、僕は考えていた。

自分がなぜ「便利なライター」になってしまったのか。得意ジャンルを訊かれて答えられなかったことが胸をきしませる。

ああ、そうだ。僕は今までずっと、誰に対しても「なんでもやります」と言う癖がついていた。どんな無茶ぶりをされても、ただへこへこと受け入れて。

それは僕に「主張すべき何か」がなかったからだ。

折江さんは、外部からの企画も受け付けると言っていた。頼まれたことをただやっておしまいじゃなくて、自分から一歩先に踏み出せる窓口がきっとある。

もう、「なんでもやります」なんて言うのはやめよう。

「これが得意です」と言える何かを、探して学んで身に着けて、そんな僕をちゃんと見てもらおう。

たとえば、きのこに詳しいです、みたいなことからでも。


エリンギが見事な成長を遂げ、今夜は収穫祭にしようと決めた。

その前に、いづるさんに最後の胞子活動として報告をしたかった。もちろんそれは口実で、ただ会いたいんだけど。よかったら一緒にバターソテーにして食べませんか……なんて、誘いたいところだけど。無理かな。

開店時刻ほぼ同時にゴー・イーストの扉を開けると、東郷さんだけでいづるさんの姿はなかった。

僕がきょろっと首を回しただけで、東郷さんはすぐに心中察したように言った。

「いづるは今ちょっと、買いだしに行っていて」

僕はなんとなく気まずくなりながら、カウンター席に座った。

するると東郷さんは、いつになく真面目な顔つきで僕の前に立つ。

「………永瀬くん」

「はい」

「いろいろと、いづるを励ましてくれてありがとう」

え、と口を半開きにしたまま、僕は動揺した。

「東郷さん、やっぱりDM読んでました？」

「いや、読んでないよ。SNSは全部いづるにまかせっきりだから。そうじゃなくて、永瀬くんがここに来るようになってから、いづるがどんどん元気になっていくのがわかってな。あいつ、ちょっとごたごたあって自分の殻に閉じこもっちゃっててさ。なんとか外の空気に触れさせたくて、俺の店を手伝わせてたんだけど」

「…………」

「永瀬くん、ホントは酒飲まないんだろ？　そうは言わなかったけど、それでもいづるに会いたいんですって気持ちが、伝わってきてた」

東郷さんは、からかうふうではなく淡々と言った。それでかえって恥ずかしくなり、頭のてっぺんから足の先まで熱くなるような気分だった。

バレていた。ちっともごまかせていなかった。

下戸であることも、いづるさんに想いを寄せていることも。

東郷さんは穏やかに畳みかける。

「いづるだってそうだよ。酒を飲まないんだとしても会いに来てほしいって、永瀬くんに伝えてたと思うよ。直接の言葉は使わずとも」

直接の言葉を使わずとも……。

「しばらく、いづるは店に立つことはないかもしれない。忙しくなりそうだから」

「え？」

そこにいづるさんが戻ってきた。スーパーのビニール袋を提げている。僕を見て

「あ」と会釈してくれた。

東郷さんがビニール袋を開けて中をのぞきこむ。

「レモンがないじゃないか」

「レモン？」

怪訝《けげん》な顔をするいづるさんに、東郷さんはやけに大きな声で言った。

「俺、買ってくる」

そう言って彼は店を出た。

僕には……僕たちには、ちゃんと伝わった。

「ふたりで話せ」という言葉を使わない、東郷さんのその気持ちが。

僕はスツールから立ち上がる。

「いづるさん、僕……。嘘をついていました。お酒なんか一滴も飲めなくて、これから仕事だとか、明日健康診断だとか大ボラ吹いてごまかして。ここに来たかったんです。すみません」

いづるさんは下唇をきゅっと噛んだ。

なんだか壊れそうな表情だ。その真意がつかめずに、どう声をかけていいのかわからないでいると、ややあっていづるさんが口を開いた。

「……私ね、ミステリー小説を書いていたの。二十歳で初めて書いた小説でデビューして、ブックシェルフ大賞をもらって、紅珊瑚主演で映画化されて、仕事も恋愛もうまくいっていて、結婚もして」

え？

え、え？

いづるさんは、ほろほろと泣き出した。つるりとした頰に涙が伝っていく。

「調子にのって、もっともっとって。だけど、世間で求められているからって、すぐ近くにいる人たちをないがしろにしてた。もっと家のことをしてほしい、自分のことも考えてほしいっていう彼の要望に、うまく応えられなかった。窮屈だな、うるさいなって、私も苦しくなって。でも私は、彼が私から離れていくことはないだろうって傲慢《ごうまん》に甘く考えてたの。だから、もう君のことは好きじゃないって言われたのがショックで、離婚してから何も書けなくなって……三年前から」

いづるさんはぎゅっと目を閉じた。

「そんな想いを作品に書けてこそ作家なのにって、苦しかった。思い知ったわ。えらそうに文章講座の本なんて出したりしたこともあったけど、私には文才なんかなかったって。作家としてもう終わってしまったんだって」

僕は愕然《がくぜん》として、言葉を失った。

ミステリー小説、デビュー作でのブックシェルフ大賞、紅珊瑚主演の映画化、文章講座の本。二十歳のデビューなら、今は三十歳……。

目の前にいるのは、小説家の真柴カイトだった。

メディアに顔出しを一切せず、ここ数年は新作を出していない、僕の大好きな。

「でもね、また小説を書いてみたいって、やっと思えるようになったの。永瀬くんのおかげで」

潤んだ瞳が僕に向けられ、いづるさんはほんのちょっとだけ笑った。

「あのDM、嬉しかった。ひとつの言葉も返せないくらいに」

ありがとう、という気持ちがにじんでいた。

その想いを受け取り、驚きを超え、心がふわりとほぐれていく。

そうか、そうだったんだ……。

でもね、いづるさん。もう終わってしまったなんて、それは違うよ。

なにも終わっていない。

あの素晴らしい数々の本を開くたび、真柴カイトは僕や読者の中でずっと現在進行形なんだから。いつも、いつまでも。

僕は見てるよ。ずっとあなたを見てる。


「……好きです」


唇が勝手に動き、そんな言葉が出た。まったくの、無意識だった。

自分でも思いがけないことで、びっくりして、僕はあわてて口を手でふさぐ。

ああ、言ってしまった。そのまんまじゃないか。

僕のほうこそ、やっぱり文才なんてないのかもしれないな。

冷や汗をかきながら、僕は他の言葉を探した。何を、何を言えばいいんだろう。

いづるさんの頬が、お酒を飲んだみたいにぽっと赤くなっている。
それを見て僕は思い直す。
深呼吸して、こう決めた。
もう一度、言おう。ちゃんとはっきり言おう。
名文のセオリーから外れるとしても。
好きです。
僕は、いづるさんが好きです。
その言葉から始まる物語が、あってもいいんじゃないかと思うから。

オイスター・ウォーズ

朱野帰子

朱野帰子（あけの かえるこ）

1979年、東京都生まれ。2009年『マタタビ潔子の猫魂』でダ・ヴィンチ文学賞大賞を受賞しデビュー。15年『海に降る』がWOWOWでドラマ化、18年に刊行した『わたし、定時で帰ります。』がTBSでドラマ化に。主な著書に『駅物語』『真壁家の相続』『対岸の家事』『会社を綴る人』『くらやみガールズトーク』など。

「牡蠣《かき》は牡蠣好きの人と食べなきゃだめです。たとえ相手が嫌いな人だったとしても」

というのが、上原莉愛《うえはらりあ》が城戸行人《しろどゆきと》に会いにきた理由だった。

約束した時間から二分遅れてOyster Warsの店の前に現れた上原莉愛は、二十代後半くらいの量産型女子だった。白いスマホケースを閉じながら、「すみません！」と行人の前に歩み寄ってきた。

「ここ地下街だからかGoogle Mapsがちゃんとナビしてくれなくて。はっ、店員さんに予約名を……」

店内に視線を向けた彼女の手からスマホが滑り落ちそうになるのを、行人は「あ」と手を伸ばしてキャッチした。

「わっ、ありがとうございます」莉愛は恐縮している。「スマホケース、手帳型にしたの初めてなんです。粘着テープが弱くなってて、すぐ剝《は》がれちゃうんですよね」

「粘着テープは濡れた布で拭くと復活するよ」と行人は緊張しながら返す。「俺はそれをやらずにスマホの画面を割ったことある。帰ったらすぐやった方がいいと思う」

「そっか、粘着テープって復活するんだ」

「それと、予約名ならお店の人にもう伝えた」と行人は言いながら、上原莉愛に視線を走らせる。

薄いベージュのトレンチコートの下に、ギャザーネックの薄緑のブラウス、白いハイウエストパンツ。Instagramの「#春のオフィスコーデ」から抜け出してきたようだ。こういうどこにでもいそうなスタイルを女性たちは量産型と称すると聞いたことがある。

莉愛が経済的に余裕があって幸せに生きていそうなことを確認して、行人はほっとする。

「でも、Twitterで相互フォローしているとはいえ、初対面の相手をいきなりオイスターバーに誘うなんて勇気あるね。リスクは考えなかったの？」

二〇二〇年代になってなおこの国には、自らの権力に無自覚で、相手が会いにきてくれただけで、「俺のことが好きなのカナ？」と勘違いして手を出す男性たちもまだたくさん存命している。

そういうやつらのせいで、初対面の異性と会う場合、女性側のリスクが圧倒的に大きいということを、莉愛も意識しているはずだ。

しかも、相手はこの城戸行人だ。

「リスクがあるとは思わなかったです」莉愛はにっこり微笑んだ。「城戸さんのツイート、HUBSの代表になられる前から見てますし、良識がある方だって知っているので」

良識がある、か。プレッシャーを感じながら行人は言う。

「でも、俺のアカウントってビジネス使用だからさ。上原さん——」

「莉愛でいいです」と莉愛が微笑む。

「じゃあ、莉愛さんで」行人は素直に従う。どういう関係性で酒を飲むか、莉愛側から指示してもらったほうが安心だ。「莉愛さんは、Twitterにいないときの俺のことは知らないでしょ」

「勇気が要ったことはたしかです。でも、城戸さんのあの、あの、あのツイートを見たので」

あのツイート、という言葉が頭のなかでビカビカした。莉愛は白いスマホカバーを再び開き、顔認証でロックを外してこちらへ向けた。すばやい仕草だった。

行人は息を止める。

Twitterアプリが開いていた。城戸行人のbio《バイオ》が表示されている。

「HUBS代表―モバイル営業支援アプリFIELD―自宅から一歩も出ないでも営業はできる―飲む営業からの脱却―男性育休取得率百パーセント達成―前職メガベンチャー―設立から二年で資金調達額累計三億円―LU社外取締役―好きな生牡蠣は室津《むろつ》産」

bioとは、自己紹介を意味するbiographyの略だ。ソーシャルネットワークにおいてはアカウントの持ち主が自由に書けるプロフィール欄のことを指す。bioの下には、さらに「二〇一五年三月からTwitterを利用しています」とか「三二六九人フォロー中。六二三九四人フォロワー」とか、アカウントの実績が表示されている。

Twitterを始めてから五年はメガベンチャーの若手社員として、ここ二年はスタートアップの代表として発信してきた。

日本の男性の育児参加率が低いことへの危機感、フリーランスから搾取する経営者への怒り、フラットな社会実現への意欲などをツイートしてきた。

最近のビジネス界隈はソーシャルグッドをめざすのがトレンドだ。ジェンダー平等もその一つだ。若い会社員たちは、ビジネスマンという女性を排除した呼称を改め、自らをビジネスパーソンと呼ぶようになった。会社員だけでなくフリーランスをも対等に指せるこの呼称を行人も気に入っている。

新卒で入社したメガベンチャーを退社して、スタートアップ企業HUBSを設立すると報告したときは、フォロワーたちから激励の言葉をたくさんかけられた。それから二年で、HUBSは業界地図に注目企業として載るまでに育った。その代表としての日々をツイートするうちに、フォロワーは二万人から六万人以上に増えた。

その間、Twitterもユーザー数を伸ばしていた。現在の月間アクティブユーザーは四五〇〇万人に達した。行人がアカウントを作った頃は千人に拡散されたら「バズった」と言われたが、今では数万人数十万人に数時間で拡散される。

政府も官公庁も企業もアカウントを持つのが普通だ。Twitterは社会のインフラになったのだ。かつてデジタル産業を虚業と呼んでいた世代の人たちまでも、今ではしれっとアカウントを作るようになっている。

それに伴って、若者に説教をする匿名アカウントも増えてきた。中年を過ぎるまでSNSに縁がなかった人たちは、こんなところにまで古い序列社会を持ちこむ。「自宅から一歩も出ないでも営業はできる」や「飲む営業からの脱却」をビジョンとして掲げている行人に彼らは気軽に説教してくる。「営業は互いの息遣いを感じることが大事!!」とか「若い女性にお酌してもらうことで進む商談もあるのですけどネ⁉」とか、赤いビックリマークの絵文字入りのリプがよく来る。そのたびに、「新型コロナウイルス感染リスクの高まりや、効率のいい業務推進の面から、対面での打ち合わせを避ける企業様も増えています」とか「子育てや介護をしている社員のパフォーマンスが高くなったとご報告いただいています」とか返しているが、きりがない。彼らの望みは自分たち古い世代の男性だけが快適な社会を維持することだからだ。

男性育休の半年以上取得を社員に推奨するとツイートした時は「夫がそんなに長く育休とって妻は何するの笑」と管理職を名乗るアカウントに絡まれた。

高齢層が読むビジネス誌のウェブマガジンでは、若い挑戦者の失敗を取り上げると記事の閲覧数が上がるらしい。ウェブメディアの編集者からそう聞いた。定年間近の記者が書いて、定年退職した読者が熱心に読むのだ。

スタートアップ企業の使命はそんな閉塞した社会に新しい風を吹かせることだ。

これから生まれる子供たちが、わりを食わないですむ未来へと変えていくことだ。

――社会をよりよくしていきたい。

行人は毎日そう思っている。Twitterでは、就活中の学生たちにも注視されているという意識を持ち、ビジネスパーソンとして恥ずかしくない発信をしている。

でもたまには柔らかい内容のツイートもする。

行人の最新ツイートが投稿されたのは昨夜二十二時四十五分。


真牡蠣を一度も食えないまま今期が終わりそう！　一緒に食いにいく人いない？


「城戸さんがお忙しいのはもちろん知っています。でも、このツイートを見て――」

スマホ画面をこちらに向けたまま、上原莉愛は言った。

「まじか？　と思いました。牡蠣好きの城戸さんが真牡蠣を食べてないだなんてあってはいけないって、そういう思いで勢い余ってDMしてしまったわけです。フォロワ一九八七人という身分も弁《わきま》えず」

「フォロワー数なんてただの数字だよ」行人は目を伏せた。「俺の場合は企業の代表のアカウントだから。広報担当に発信内容のチェックもしてもらってるし、俺の個人の成果ってわけじゃない」

さっき莉愛にスマホの画面を突きつけられて息が止まったのは、牡蠣のツイートをする前に投稿した、あのツイートのことを言われるのかと思ったからだ。

フォロワーが三万人を超えたあたりから接触してくるウェブメディアが増えた。彼らは今、城戸をどんな目で見ているだろう。いや、そんな人たちはどうでもいい。

上原莉愛はどう思っただろう。あのツイートを彼女も見ただろう。

でも莉愛はそっちには言及しなかった。スマホケースを閉じて労《いたわ》るように言った。

「城戸さん、忙しすぎるんですよ。牡蠣を食べる暇もないなんて」

この俺を労ってくれるのか。行人は嘆息した。

「そういうリプしてくる人もけっこういた」

「城戸さんが牡蠣好きだってことはみんな知ってますからね。好きな牡蠣は室津産ですよね。私も好きです。いつか室津に行きたいな。現地で食べてみたい」

本当に好きなんだな。牡蠣への愛を熱く語る莉愛を眺めているうちに、張り詰めていた気が緩んでいく。

「俺には牡蠣くらいしかない」ふと心の声が出た。「昔からフォローしてくれてたならわかると思うけど、俺はまじめなツイートしかできない。でも、それじゃダメだって広報担当に言われたんだよね。プライベートを発信して、人間らしくふるまえって。だけど、そんなこと言われても、家と会社の往復しかしてないからさ。結婚してないし、彼女もいないし、パッと空いた時間に牡蠣食いに行くくらいしか俺にはない」

公に開示していない情報を言ったのは莉愛に本当の自分を知ってもらいたかったからだ。距離を詰めすぎたかもしれないと思ったが、莉愛はふんわりと微笑んだ。

「私も同じようなものです。城戸さんレベルで忙しいってことはないですけど、家と会社の往復しかないし。特定のパートナーがいないのも同じです」

「そっか」莉愛が歩み寄ってくれたので、行人の口は滑らかになる。「そんなわけで、広報担当に映える写真の指導までされて、牡蠣ツイートを続けてきたんだ」

「映える写真」莉愛が含み笑いをした。

「あれでも頑張ってんだよ！」と行人も笑ってみせる。「でも、そうやって発信してたおかげで、莉愛さんから一緒に食べに行きましょうってＤＭもらったわけだから、Twitter続けててよかった」

「一緒に行きましょうって言ってくる人、私のほかにいなかったんですか？」

そう返され、行人はまた緊張する。彼女は――上原莉愛はやはり、あのツイートを見ている。相互フォロワーだから当然だ。だが莉愛は今度もあのツイートには言及しなかった。腕を組んで、まじめに言った。

「生牡蠣が好きな人って少ないじゃないですか。一緒に行ってくれる人を見つけるの大変なんですよね。だから城戸さんも、私なんかの誘いにも乗ってくれるんじゃないかって思ったんです。一応相互フォロワーだし」

「……ああ、なるほど」

一緒に食いにいく人いない？　というツイートに行人は、連続して但し書きのツイートをつけておいた。「知らない人と行く勇気はないから、相互フォローで牡蠣が好きな人がいれば」と。

そのツイートをするや否や、莉愛からＤＭがきたのだ。

城戸行人さま。

突然のDM失礼いたします。城戸さんと相互フォローしています上原莉愛と申します。

春の産卵期にむけて栄養を蓄える真牡蠣のおいしさは今がピーク、このままでは岩牡蠣のシーズンになってしまいます。まあ岩牡蠣は岩牡蠣でおいしいのですが…！

私でよければ、三月が終わる前に真牡蠣を食べに行きませんか。三月はもう明日のみ。

年度末だから決算もありますよね。でも絶対に牡蠣を食べに行くべき。

もし城戸さんがよろしければ、御社の近くのオイスターバーをこちらで予約します。

私の所属や経歴はbioをご覧ください。


「勢いがあるDMだった」行人は微笑む。

ＤＭはダイレクトメールの略だ。非公開でユーザー同士のやりとりができる。

だが、それをいいことに誹謗中傷を投げこむ場所になったりもする。行人のＤＭもそうなりつつある。「死ね」とか「失敗しろ」とか、相手を人間とは思っていない言葉があふれている。そんな中、莉愛のＤＭからは、牡蠣への愛だけがあふれていた。

「そりゃ勢い出しますよ」と莉愛は笑った。「城戸さんが普段やりとりしてるフォロワーって、すごい人ばかりだし。その中を突破するんだから勢いくらい出さないと」

すごい人ばかりか、と行人は苦々しく思う。成功者がどんなビジネスパーソンとやりとりしているのかを知って自分も成長したい。そういう理由で行人をフォローする人は多い。行人は彼らにとっての情報源なのだ。でも、スタートアップ企業を設立する前からフォローしてくれている人たちはそうではないと信じたかった。

彼らは行人が若くて失敗ばかりしていた頃を知っている。

「城戸さん、二一六九人フォローしてますよね。ツイート、全部見てますか？」

「いやさすがに全部は見られない。リアルで知ってる人のタイムラインは必ず読むようにしてるけど」

「ですよね。じゃあ私のツイートも見たことないですよね」

「あるよ」と行人は答えたが、莉愛は「あっ、そっか」とホッとした顔で言った。

「直接会うことになった人のツイートはさすがに数日分遡《さかのぼ》って見ますよね。私もやります」

勝手に決められてしまった。行人も笑顔を返す。「とにかく莉愛さんがＤＭくれなかったら真牡蠣はあきらめてたと思う。今日は誘ってくれてほんとありがとう」

今日のこの機会を作ってくれたことをどれだけ感謝しているのかをもっと言いたかった。でもまだ店の前だ。酒が入ってから言おう。

「私こそ、来てくださって嬉しいです」

初対面なのに莉愛との会話は心地いい。

HUBSの共同経営者で、ひとまわり年上の真崎《まさき》が開く自宅パーティに行ったことがある。そこに招集されていた女性たちは、莉愛と同じ二十代だったが、起業家なんて褒めていれば金を出すだろうという顔をしていた。「彼女たちに、俺たちは人間と思われてないんじゃないかな」と真崎に言ったことがあるが、「は?」と言われただけだった。彼もまた彼女たちを人間だと思っていないのだろう。若い女性たちに触られて高揚する共同経営者を見ていたくなくて、キッチンで皿を洗っていたら、「おいおい、イクメンになれますアピールかー?」と泥酔した真崎に揶揄《やゆ》された。女性たちも馬鹿にしたように笑っていた。真崎のパーティにはあれから一度も行っていない。

「実はさ」と行人は店内を覗《のぞ》きこんでいる莉愛に言った。「広報担当から言われたんだ。そんなに牡蠣食べたいなら苦手だけどおつきあいしますって」

「広報担当の人がそんなことを」莉愛が視線を行人に戻す。

「いいメンバーなんだけどさ。でも牡蠣が苦手な人と牡蠣食いに行くなんて、ないでしょ」

「ないですね」

「むこうが想像してるのはさ、居酒屋で生牡蠣を一ピースか二ピース食べる程度なんだよ。でもそんなんじゃ足りないから。牡蠣苦手な人に遠慮しながら、三ピースとか四ピースとかいくのつらい」

「百パーセント同意です」莉愛はうなずく。「牡蠣は牡蠣好きの人と食べなきゃだめです。たとえ相手が嫌いな人だったとしても」

「……嫌いな人でもか」と笑ってから、胸の痛みとともに、行人は言った。「でも、正しいかもしれない。メガベンチャー時代の上司がさ、人格は最低だったんだけど、牡蠣の美味しい店を知ってて。それだけで、何回か一緒に食べに行ったもんな。人格は最低なんだけどさ」

「最低な人と食べても牡蠣はきっとおいしいんでしょうね」

少なくとも莉愛にとってはそうであってほしいと願いながら行人はうなずく。

「そこが牡蠣のすごいところだ」

初対面なのに話が弾んでいる。牡蠣が好きで本当によかった。

「しかし店員さん遅いですね。混んでるのかな。あっきたっ。上原で予約した者です。二人揃いました！」

近づいてきた黒いソムリエエプロンをつけた店員に莉愛はスマホを見せている。

「ポイントですね。お会計時にもう一度お見せください。ご案内します」

店員の後についていきながら、「よく来るの？」と行人は莉愛に向かって尋ねる。

「二回目です。これ、その時にポイント貯めようかとダウンロードしたアプリ」

「アプリ開発してる俺がいうことじゃないけど、最近はどこ行ってもアプリアプリだな」

「会員登録すると生牡蠣を一個無料で出してもらえますよ。てか、城戸さん、この店知らなかったんですね。最近できたからか」

莉愛が予約したこの店Oyster Warsは食べログで星4・0。会社を出る前に店の評価をチェックしてきたが、オイスターマイスターとソムリエの資格を持つオーナーシェフがオープンしたオイスターバーだ。日本全国から取り寄せた個性的なブランドの牡蠣がメニューに並んで、おいしさを競う。だから店名がOyster Warsなのだろう。

店内はうっすら暗い。壁は煉瓦《れんが》張りだ。アメリカのオイスターバーをイメージしているのかもしれない。チークっぽい色の棚にワインボトルとワイン樽《だる》が置かれている。その横に積み重なった牡蠣殻を見て、「牡蠣アートだっ」と莉愛がスマホのカメラを向けている。

「アートって、この牡蠣殻が？　牡蠣の店にはよく飾ってあるよね」

「オーストラリアの小さな島の洞窟には、アボリジニが描いたという牡蠣の洞窟壁画があるそうですよ。それを見て、当時のアボリジニは食べるぞーって気合を入れてたんだと思うんですよね。私も牡蠣殻を見ると、誰よりも食べてやるぞってテンション上がります」

そう言ってふりかえった莉愛の目は捕食動物のそれだった。牡蠣好きはしばしば牡蠣を食べた数をなぜか競い合う。

競争は人間の本質なのかもしれない。

行人もつねに資本主義の競争のなかでもがいている。だから、投資家たちとの会食でもつきあい程度にしか飲まない。彼らより速く成長するために読まなければならない本やメールが山ほどあるからだ。HUBSの代表になってからは自宅でも酒を飲まなくなった。他のスタートアップの代表たちに負けるわけにはいかないからだ。

そんな行人を真崎は会社のメンバーの前で「優等生」と呼んで笑う。この前は二十代のメンバーにまで言われた。「飲み会で城戸さんがいつもシラフなの、やや怖いです。社長がまじめ過多なのもどうなのかなと」

なんだよ、まじめ過多って。お前らにまじめさが足りないだけじゃないのか。

行人は小さく首を横に振る。仕事のことは忘れろ。何もかも忘れて、食べた牡蠣の数を競い合おう。

人類がほんとうに熱中すべきなのは、そんなくだらない競争なんだ。

案内されたテーブルに着くと莉愛はコートかけの前にたち、「かけますよ」と行人に手を差し出してきた。行人は首を横に振り、自分でコートをハンガーにかける。

店内には客たちのくつろいだ声が満ちていた。酒を飲む場所のざわざわした喧騒《けんそう》には心をほぐす力がある。普段は言えないことを吐き出させる力がある。そんな場所から行人はずっと遠ざかってきた。

でも、今夜だけは牡蠣を食い、酒を飲もう。

俺という人間を見てもらおう、彼女に。

二人はテーブルにつき、メニューを広げた。

注文は、アクリルスタンドに記載されているQRコードから行うシステムのようだ。

「まず牡蠣を決めない？」と行人から言い、店がすすめる〈旬まっさかり！　真牡蠣六ピースプレート〉を頼むことにした。同じブランドの真牡蠣が二ピースずつ出され、値段がリーズナブルなのが魅力だが、一人できた時には頼みにくい。「そうしましょう」と、莉愛も同意した。

「月並みだけど、生牡蠣食べるならこれだよね」と行人が選んだのはシャブリだった。レモンのように酸味が強く、生牡蠣のミネラル感と同調してくれる。一杯目はいつもこれだ。

「ワインもいいけど……」と莉愛は迷っていたが、「やっぱ日本酒かな」と純米吟醸を選んでいた。アルコール度数高め、うすにごりの生原酒だ。

生牡蠣より先に酒が運ばれてきた。まずは、お疲れ様でした、と軽く乾杯だけする。

「さあ、牡蠣をたくさん食べるぞ」

莉愛が純米酒を口に含んだ。

「負ける気がしない」

行人もシャブリを飲んだ。喉を酒が通っていく。緊張していた体がほどけていく。乾杯が済んだら言おうと決めていたことを口に出そうとした時、莉愛が可愛い笑顔で言った。

「戦いの火蓋《ひぶた》がきられましたね！」

それが、二人のOysterWarsの始まりだった。

「戦いの火蓋がきられましたね！」

と笑顔で言いながら上原莉愛は思っていた。

こいつをようやく戦いの場に引きずり出せた。

「負ける気がしない」などと言って、シャブリのグラスを傾けている城戸行人を眺めて心の中で言う。馬鹿な男。ここへ来た時点で、お前はもう負けている。

あと一時間もすれば、スタートアップの代表というポジションも、ソーシャルグッドなビジネスパーソンというイメージも、六万人以上のフォロワーも、何もかも失うのだ。

城戸行人に復讐《ふくしゅう》するため、上原莉愛はこの四年間を生きてきた。

最近のビジネス界隈は社会をより良くする――ソーシャルグッドをめざすのがトレンドだ。

城戸行人はそのトレンドの最前線にいる。現在三十五歳。社内の男性育休取得を推進したり、フリーランスへの差別的待遇の是正を訴えたり、フラットな社会の実現をめざす経営者として注目されている。

でも――こいつの本当の姿を莉愛は知っている。

話は七年前に遡る。

二〇一五年、莉愛は新卒で大企業に就職した。

その頃の日本経済は「マン」という言葉で埋め尽くされていた。サラリーマンにビジネスマンに営業マン。女性の総合職社員はキャリアウーマンと呼ばれていた。

でも莉愛は思っていた。会社員の呼称を性別で分ける必要ってあるんかい？

莉愛は女らしくしろと育てられた覚えがない。教育投資も家事手伝いも弟と平等。就活でも男女平等を主張する大企業にしか応募しなかった。だから入社してすぐに、

「今の若いオンナノコはさ、安部公房《あべこうぼう》なんて知らないでしょ？」

三十歳も年上の男性の部長に言われたときは「は？」と思った。

「知ってます」と答えると、変な笑顔になり、「安部公房は知っててもさ、『箱男』とか読んでないでしょ」とまた言ってきた。「『箱男』もいいですが、『方舟《はこぶね》さくら丸』とか『カンガルー・ノート』も私は好きです」と莉愛が返すと、上司はますます変な笑顔になった。そして、「それって後期の作品でしょ。後期の作品って評価されてないらしいね」と歪んだ笑みを浮かべた。

莉愛は知らなかったのだ。マンスプレイニングという言葉を。

「らしいって、部長は読まれてないんですか？　安部公房好きならぜひ読んでほしいです。お持ちじゃないなら貸しましょうか？」

返事はなかった。あとで部長は言っていたらしい。「可愛いから、うちの部署に配属したのに、やっぱ東大卒の女なんか部下にするもんじゃない」と。

その日から莉愛は部長に、うっすらいじめられるようになった。話しかけても無視されたり、会議でした提案に重箱の隅をつつくような難癖をつけられたり。

会社には女性の上司たちもいるにはいた。だが、「男の上司なんかうまく立てて甘えておけばいいんだって〜」と言われただけだった。保身のために、「マン」たちを甲斐甲斐しく支える彼女たちが自らを呼ぶキャリアウーマンという呼称が莉愛は嫌になった。

「Twitterではその当時、中高年男性たちが差別的な発言で炎上する事件が頻発していた。彼らはSNSで女性のアカウントのリプ欄に「そんなに稼いだら、ダンナの年収を超えてしまうのでは?」と汗をかいた絵文字をつけて投稿することが差別になるとは思っていない。これが社内なら〝キャリアウーマン〟たちが苦笑して流してくれるからだろう。

社会をよりよくしていきたい。

莉愛だって毎日そう思っている。学生たちが社会に出て「なぜ日本だけが遅れているのか」と悔しく思わなくていいようにしたい。

そのためには誰よりまじめでなくてはならない。

男性上司たちが「誰か飲みにいく人～」と呼びかけ、女性上司たちが「しかたないな～」とカラオケで鍛えた声で言いながら、ゾロゾロ出て行った後、莉愛は自宅に戻り、同期たちとの勉強会をオンライン上で開いた。

私がなりたいのは〝キャリアウーマン〟じゃない。ビジネスパーソンなのだ。

バランスシートの読み方を覚え、労働経済学の論文を読み、ビジネストレンドについて話し合った。大学の同級生たちには、霞が関の若手官僚、デジタル企業、外資企業、コンサルタント企業の社員になった者がいる。彼らを招いて、他業界や他企業の研究をし、社会のあり方について議論した。勉強に加わったのは若い男性たちもだ。

男性上司の性風俗トークが苦痛だとか、イケメンだよね〜と言ってくる女の上司が気持ち悪いとか、若い男性たちも悩んでいた。

怒りを吐き合い、悲しみを共有し、私たち世代が変えていこうね、と励まし合った。

莉愛たち同期が一斉に退職願を出したとき、上司たちは男も女も言った。

「こんないい会社は他にないよ？　なんで辞めるの？」

転職理由を正直に言う者はいない。当たり障りのないことを言って円満退職するのが賢いとされている。同期たちはみなそうしたが、莉愛はそうしなかった。社会をよりよくしたかった。

だから、あの退職エントリを書いた。

退職エントリは、会社を辞めた人が書く文章だ。なぜ退職するのか、転職先はどこかなどを書いてブログなどで公開する。「前職では周囲の人に恵まれ、良い経験をさせていただき、離職するのは寂しいけれど、ここで得た経験を次の職場に生かしたい」と、上司や先輩を立てるストーリーを書く人が大半だ。

でも、莉愛はそうしなかった。

この企業は男女平等をめざしていると謳っているが、その平等は中高年上司たちを脅かさない範囲での平等でしかない。彼らは会社の外が変化していることを知ろうとしない。知らなくても困らないのだ。高い年収と地位を与えられ続けているので。

入社してからずっと思っていたことを、その退職エントリに書き、リンク先を貼ったツイートをTwitterで発信した。当時のアカウント名はRiaUeharaだった。

反響は少なかった。同年代からいいねが二十二件、リツイートが十件。それだけ。入社して三年で退職した社員の退職エントリなど興味を持たれないのだろう。それでもいい。言うべきことは言った。そう自分をなだめて転職先に行く準備を始めた。

だが、一件の引用リツイートが莉愛の運命を変えた。

退職エントリを公開した翌日、メガベンチャーの若い社員が、莉愛の退職エントリツイートにこんなコメントをつけて二万人いるフォロワーたちに拡散したのだ。

この元大企業勤務ＯＬの退職エントリ、大企業への罵詈雑言《ばりぞうごん》が大半だった。転職先

はベンチャーって書いてあるけど、ベンチャーの取引先も大企業だって知らないのか？

一目見て、心が冷たくなった。

まず性別を強調するところが差別的だ。その後に続く「知らないのか？」という言葉はマンスプレイニングそのものだ。女は何も知らないと思っている。

むかつきつつも、スルーしておこうと決めた。どうせ雑魚《ざこ》だ。

だが、その「元大企業ＯＬ」に反応した人たちはたくさんいた。退職エントリの閲覧者は一気に増え、引用ツイートのリプ欄には莉愛に対する揶揄が書きこまれた。「ＯＬ（笑）」「職場の電球でも替えてろ」「生理になっただけで休めていいね」「カノジョに常識を教えるオトナの男が周りにいないのでしょうネ!!」「東大卒の女ってこんなのばっか」「高年収の彼くんがいて辞めても困らないやつ」「死ね」

味方してくれる人たちもいるにはいた。「読みながらうなずきすぎて首がもげる」とか「大企業勤務のおじさんですが完全同意です」とか、言ってくれる人もいた。

でも、なんとかして莉愛を凹ませてやろうというリプの方が圧倒的に多かった。ほとんどが年上の男性たちだった。匿名でやっていても、文体や使っている絵文字から年齢や性別は滲《にじ》み出る。大企業どころか中小企業に勤めたこともないクリエイターの男性が「会社組織のことは女にはわからない」などと言っているのも見た。bioを見たら莉愛をいじめた部長と同い年だった。

何より莉愛を凹ませたのは、「もっと賢いやり方があると思います」という同じ女性からのリプだった。味方してくれると思っていた人たちからこう言われると、おかしいのは社会の方ではなくて、自分なのではないかと思えてくる。

でも負けたくなかった。

転職先として内定をもらっていたベンチャー企業から「内定を辞退してほしい」というメールがきた時も、莉愛は気丈にふるまった。「大企業相手に萎縮するような人材は採りたくないと最終面接で社長はおっしゃっていました。私が考えていた社風ではないことがわかりましたので、こちらから辞退させていただきます」と書いて返した。

でも一緒に退職した同期たちは莉愛の異変に気づいていた。「このままだとデジタルタトゥーが残って、どこにも転職できなくなる」とか「DMにも卑猥《ひわい》な写真が送られてきてるんでしょ？　莉愛の心が危ない」とかLINEをたくさんもらい、莉愛は公開してから二日で退職エントリを消去した。アカウントに鍵をかけ、相互フォローしている人以外から見られないようにした。逃げるみたいで悔しくて、浴室で泣いた。

同期たちの助言は正しかった。莉愛は何も食べられなくなっていた。メイクもできず、風呂にも入らず、歯磨きも忘れた。生理も止まった。二週間で五キロ痩《や》せた。電車に乗るのも怖くなって、どれほどのダメージを受けたかを思い知った。転職活動もうまくいかなかった。年上の男性が並ぶ面接で意見をいうのが怖くなったのだ。

絢瀬《あやせ》エマに出会ったのはそんなときだ。

婦人科の待合室で隣に座った女性に、なぜ生理が止まったのかを話す流れになり、気づいたら退職エントリのことを話していた。「見せて、それ」と言われて保存してあった文章を見せると、読み終わった彼女は「いいじゃん！」と言った。

「あ、じゃんとかって今の若者は言わないか？　まあいいや、あなたみたいな危険なやつはうちに来るべき。私、絢瀬エマっていうの。一度見学に来な」

彼女はスタートアップ企業PAUSEを立ちあげようとしていた。見学にいって莉愛は驚いた。女性が大勢いる！　役員の半数が女性！　そこは莉愛が見たこともない職場だった。

三十代以下の社員で構成されているその会社で、莉愛は再生した。みな勉強熱心だった。自分が知らないことを知っている人は年下でもリスペクトする社風だった。重要な仕事もどんどん任せてもらえた。多忙で幸せな日々を莉愛は送りはじめた。でも――。

莉愛を炎上させたメガベンチャーの若手社員の名前は一日も忘れたことはない。

城戸行人。

やつに復讐するため、PAUSEに入社して半年後、莉愛はTwitterの鍵を外した。アカウント名を「RiaUehara」から「上原莉愛」に変え、新しい勤務先であるPAUSEをbioに書き加えた。そうして城戸行人をフォローしてみた。ブロックされるかと思いきや、すぐフォローが返ってきた。ベンチャー企業やスタートアップ企業勤務の人にはフォローを返すとタイムラインで公言していたから、機械的にフォロー返ししただけだろうが――。

怒りがふつふつと沸いてきた。

こいつは覚えていないのだ、私のことを。

大企業を批判する若い女という記号に反応して、炎上させただけで、莉愛がどういう思いで生きてきたのかなんてことに、こいつは興味すら持たなかったのだ。

ああいう退職エントリを書いたらどういうリスクがあるかなんてこと、莉愛はもちろん承知していた。それでも黙っていたらダメだと思って退職エントリを書いたのだ。なのに。

「私を炎上させたとき、城戸行人は三十一歳ですよ？」という怒りを、莉愛は会社の飲み会で絢瀬エマに話した。「同じ若者なのに、古い世代の味方して、後ろから撃ってきたあいつを私は許せない」

止められるかと思いきや「許さなくていい」と絢瀬は言ってくれた。「一撃でやれる機会が来るまで待て」と助言もくれた。

だが、城戸行人はなかなか隙を見せなかった。莉愛を炎上させた引用リツイートを検索してみたが、すでに消去されていた。退職エントリが削除されたようなので、このツイートも消しときますという投稿が直後にあっただけだ。証拠隠滅か。……まあいい。すぐにまた誰かのツイートを晒して炎上させるだろう。その時を待とう。

それから四年待った。

莉愛は二十九歳になっていた。莉愛を炎上させた時の城戸行人の年齢に近づいていくと、今度は新たな怒りがわいた。三十歳といったら社会への責任が出てくる年齢じゃないか。年下のビジネスパーソンを燃やそうなんて、自分なら思いもしない。そう飲み会で熱弁したら、

「まだやる気だったのね」と絢瀬エマにあきれられた。「でも、あなたのそういうエネルギー過多なとこ好きだなあ。よーし、必ずやり遂げろ」

城戸行人のツイートを莉愛は眺め続けた。タイムラインに流れてくるツイートだけではなく、彼が相互フォロワーと交わすリプも、いいねをつけたツイートも全部見た。Twitterにいる城戸行人のことなら誰よりも知っている。

彼はずっと優等生をやり続けた。勤務先の問題をつぶやきはするものの、最後はこうだ。

「若者側がもっと動いて、上司世代を巻きこんでいかなければならないと感じた」

はっ、悪いのはいつも若者側ってことですか。莉愛は鼻白む。案の定、「その通り!! 他責思考では何も変わらない!!」と赤いビックリマークまみれのリプがついていた。赤いビックリマークは中高年が多用する絵文字だ。ベンチャーなどに勤めたこと

などないのに、彼らは城戸にアドバイスばかりする。城戸行人は「がんばります」と返している。おじさん世代とよろしくやれるタイプなのだ。

だが、相互フォローになってから二年後、城戸行人は突然、退職エントリを書いた。十一年勤めたメガベンチャーを辞め、スタートアップ企業の代表になるという。

これには驚いた。毎日死ぬほど働かされているはずなのに、そんな準備をする時間がどこにあった？

赤いビックリマークマンたちは莉愛以上に衝撃を受けていた。自分たちが説教してきた若者がなんと一企業のＣＥＯになるという。なかには「弊社からもなにか発注させていただくかもしれませんネ」などと、城戸行人を「うちの下請け」ポジションに据えようと必死な人もいたが、たぶんベンチャーとスタートアップの違いがわかっていない。

城戸が今までいたベンチャーは、すでにあるビジネスをベースとして新サービスを生み出す企業だ。それに対して、城戸がやろうとしているスタートアップは誰もやっていないビジネスを起こして古い常識を破壊しようとする企業だ。つまり、大企業に勤める赤いビックリマークマンたちの常識も破壊されてしまう可能性があるということだ。

　ざまあみろと思った。彼らの末路を想像しつつ、ビールで祝杯をあげてしまった。

　だが、ビールを飲み干してしまうと、莉愛の舌は苦くなった。

　城戸行人の退職エントリツイートには、リプが殺到していた。若いビジネスパーソンたちから「城戸さんこそ挑戦者です」とか「辞める勇気をもらいました」とか。

　私は負けたのかもしれない。

　萎《しぼ》んでいくビールの白い泡を見ながら莉愛は思った。

　一撃でやれる機会が来るまで待て、と絢瀬エマが言っていた理由がわかった。

　莉愛が退職エントリを書いた二〇一八年、日本には古い体制に逆らう者を押しつぶす空気がまだあった。だから莉愛も炎上した。

　だが、この二年で社会は変わった。新型コロナウイルスの蔓延《まんえん》によってリモートワークが当たり前になり、古い体制に逆らう者こそかっこいいという空気が生まれている。城戸行人はそこにうまく乗った。上の世代を一撃でやれる機会が訪れるまで彼は待っていたのだ。

　賢いやり方。彼はそれができる男なのだ。

HUBSは設立からたった二年で三億円の資金調達に成功し、Twitterのフォロワーは六万人を超え、ツイートは常に数百から数千はリツイートされるようになった。

城戸行人は手の届く人ではなくなってしまった。莉愛もスタートアップ企業に勤めてはいるが、マーケティングの一担当者でしかない。むこうは莉愛のツイートを見てもいないだろう。

それでも城戸行人のツイートを眺め続けた。そんな莉愛についに神は微笑んだ。


真牡蠣を一度も食えないまま今期が終わりそう！　一緒に食いにいく人いない？


このツイートを見たときは手が震えた。武者震いだ。

すぐDMを飛ばして猛烈な誘いをかけた。

こういう日がいつか来ると見越して、プロフィール画像に使う写真はPAUSEに出入りしているカメラマンに頼んで撮ってもらっている。服のスタイリングも量産型女子風にして、三十五歳の男に安心感を抱かれそうにしてある。

ただ城戸行人は慎重なタイプだ。莉愛の勤務先の確認くらいはするだろう。でも大丈夫。PAUSEの公式サイトには莉愛の署名入りのプロダクト記事がある。検索サイトで上原莉愛と検索しても、その記事が引っかかるはず。これで身元証明はバッチリ。そして、何よりも彼のガードをゆるめるのは、莉愛の牡蠣への愛だろう。

莉愛も牡蠣好きなので詳しいのだが、牡蠣好きは相手が牡蠣好きかどうかをつねに見極めようとする。そして真の牡蠣好きだとわかると与信調査が甘くなる。

「一緒に食いにいく人いない？」という城戸行人のツイートを見てから五分で、牡蠣愛あふれるＤＭを作成するのはたやすかった。なにしろ本当に牡蠣が好きなのだから。

「御社の近くのオイスターバーをこちらで予約します」と書いた一分後には、Oyster Warsの予約サイトから席もとっていた。これで準備万端整った。

予約サイトを閉じた瞬間、ＤＭが返ってきた。

牡蠣への愛情過多なＤＭありがとうございます笑　こちらこそ、僕でよければ明日行きましょう。予約をお願いしてもいいですか？　十九時からだとありがたいです。

引っかかった。

城戸行人が——この四年間復讐の機会を待ち続けた男が、莉愛に会うと言ってきた。自分を拾ってくれた絢瀬エマと同じ、「過多」という評価を城戸行人にされるのは複雑だったが、まあいい、おかげで誘《おび》き寄せることができた。

待ち合わせの時間ぴったりに城戸行人はOyster Warsの店の前にいた。黒いチェスターコートに、黒のタートルネックシャツ。下に穿《は》いた白パンツは程よくテーパードしたシルエット。革靴のブランドは、疲れにくく、リーズナブルな価格帯であることからノマドワーカーに愛されているPADRONE。まがりなりにも企業のCEOなのに、古い世代の「マン」たちのように服に金をかけることをしないのは、仕事のパフォーマンスに自信があるからだろう。序列はいらない。仕事ができれば社員はついてくる。そういう自信が彼からは発散されていた。

莉愛はやや気圧《けお》された。

多忙な立場でありながら彼は約束の時間を守った。莉愛のスマホを救い、初対面の男性に会うことのリスクを思わなかったのかと慮《おもんぱか》った。粘着テープを拭けと言ってきたが教えてやるという態度ではなかった。

もう少し、イキった男だと思っていた。肩透かしを食った気分だった。

……いや、こいつは時代にフィットしたふりをするのがうまいのだ。フォロワーが六万人以上もいることを持ち上げれば調子に乗って本性を現すだろう。だが、「俺の個人の成果ってわけじゃない」と城戸行人は謙虚だった。こういうところが愛され、多くのフォロワーを得たのだろう。優等生め！

しかたなく、「城戸さん、忙しすぎるんですよ」と莉愛は言った。相手を油断させる作戦に切り替えたのだ。案の定、城戸行人は距離を詰めてきた。結婚していないとか彼女もいないとか明かしてきた。想像通りだ。古い世代の凡百の男たちがそうしてきたように若い女に癒されようと思って、彼はここに来たに違いない。なんならそのままホテルにでも連れこもうと思っているのかもしれない。

でも、城戸行人に牡蠣を食べに行こうと誘ったのが莉愛だけだったとは――そこまで一人ぼっちだとは思わなかった。

「誘ってくれてほんとありがとう」と笑った城戸行人を見て、後ろめたくならなかったといえば嘘になる。だが一度やると決めたらやり遂げるのが莉愛の信条だ。

莉愛が予約したこの店Oyster Warsは食べログで星４・０。オイスターマイスターとソムリエの資格を持つオーナーシェフがオープンしたオイスターバーだ。

牡蠣は有史以前から人類に愛されて食べられてきた。アメリカ東海岸では漁師たちが武装し、牡蠣の収獲をめぐって「牡蠣戦争」と呼ばれる武力闘争を起こしたという。戦争までいかずとも、牡蠣好きはしばしば当たるリスクを承知で食べた数を競う。愚かだとは思うが、戦争をするよりずっといい。

競争はきっと生物の本質なのだ。

そういう意味で、Warsという物騒な単語がこの店の名には入っているのだろう。

注文を終えると、牡蠣より先にグラスが二つ運ばれてきた。

城戸が頼んだシャブリと、莉愛が頼んだ純米吟醸酒だ。透き通った白ワインと、うっすら濁った日本酒とが、よく磨かれたグラスのなかで波を打っている。

「まずは、お疲れさまでした」と乾杯しているところへ、〈旬まっさかり！　真牡蠣六ピースプレート〉が運ばれてきた。

プレートには氷が敷き詰められ、硬い殻に包まれた生牡蠣たちが六匹、並んでいる。

莉愛は歓声をあげて、Foodieで撮影した。撮った写真を見せると、城戸は無言でいる。

「女子って写真をInstagramにあげるのが好きだよなとか思って馬鹿にしてます？」

「いや」と城戸は首を横に振る。「撮影音がしないから何のアプリなんだろうと思って」

「これはFoodie。食べ物の撮影に特化したフード専用カメラアプリ。LINEが二〇一六年にリリースして数年で一億ダウンロード。App Storeでも上位に入ってますよ」

「へえ、LINEが開発したアプリなのか」城戸行人は素直に感心している。

「広報担当さんに牡蠣の撮り方を教えてもらったって言ってましたよね。でもモノ撮りってセンスだけじゃなくツールも大事です。Foodieも知らないから城戸さんの写真はいまいちパッとしないんですね」

「悪かったね、知らなくて」城戸は苦笑いしている。「そっか、Foodieか。だから莉愛さんの生牡蠣の写真はいつも美味しそうなのか。教えてくれてありがとう」

教えてくれてありがとうなんて言葉、大企業にいた頃に年上の男性に言われたことはなかった。戸惑いつつも、莉愛は違和感を覚えていた。

生牡蠣の写真はInstagramにしかあげてない。直接会うことになって、そっちも慌てて見てきたのだろうか。でも、いつも美味しそう、とはどういう意味？

城戸は続けてなにか言おうとした。

その時、店員が慌てて戻ってきた。牡蠣の出身地とブランド名を説明するのを忘れたのだ。

「左から、兵庫県相生《あいおい》産の〈綺羅牡蠣〉、兵庫県室津産〈老人と海〉、福岡県門司《もじ》産の〈海神の恵〉です」

城戸が莉愛の顔をちらっと見た。店員が続ける。

「門司の味が濃いので、相生から時計回りにお召し上がりになることをお勧めします。もう春ですので、岩牡蠣も出てきています。後ほどぜひ」

店員が去ると城戸が言った。

「牡蠣のブランド名って、日本酒や焼酎並みにキラキラネームだよね」

それを言いたかったのか。でも莉愛も同じことを考えていた。「でも〈老人と海〉って海が違う気が。ヘミングウェイがいたのはカリブ海ですよね？」

「そうだね」

前にいた大企業の上司ならば、ヘミングウェイってノーベル賞獲ってるんだよと誰でも知っている知識を教えてくるだろう。だが城戸は牡蠣だけをじっと見つめ、「そろそろ食べない？」と言って〈老人と海〉をひょいとつまみあげている。

「あっ、室津からいくんですか？　お店の人は相生からいけって――」

「生牡蠣を食う順番くらい自分の好きにする」城戸は牡蠣殻を顔の前に持ってきて、真面目な顔で眺めている。くらいって、どういう意味だ。何もかも思い通りに生きているのではないのか。莉愛は氷の上に目をやる。「レモンありますよ？」

「いらない。なにもいらない」

城戸はそう言って室津産の生牡蠣を吸い込む。目を伏せて、余韻に浸ったあと、グラスを呷《あお》って、「やっぱり生牡蠣にはシャブリだと思う」と、小さく微笑んでいる。

「じゃあ、私も室津産から」と莉愛も牡蠣殻を顔の前にかかげる。城戸と同じく、何もつけずに、生牡蠣を吸い込む。目を閉じる。

海だ。

牡蠣の豊かな香りが、莉愛の脳を海のなかへと連れていってくれる。生き物たちの命のきらめき。獰猛《どうもう》に開かれる捕食者たちの口。食うか食われるかの世界で牡蠣は身を守るために殻をまとっている。莉愛に食べられるその日まで懸命に生きている。

生牡蠣が通っていった舌へ、純米吟醸を流しこむ。生の魚介類のなかでは最も旨みが強いと言われる生牡蠣を、どっしりとした米の味わいが受け止めてくれる。

「やっぱり日本酒が優勝です！　じゃあ次は相生産にしようかな。……あれ？　あと二つしかない。ちょっと、城戸さん、もう三ついったんですか？」

「うん」城戸は再びスマホで注文フォームを開いている。「真牡蠣のブランド、あと三つあるよ。単品で両方頼んでいいかな。あと岩牡蠣。その後は、焼き牡蠣の全部盛り素焼き五ピースにいかないか。牡蠣フライもいっとく？　俺、今日は二十ピース食うと思う」

「にじゅっ？　十五ピースくらいでやめときません？」思わずそう言った。「ほら真牡蠣ってノロウイルスを持ってますでしょう？」

「当たるのが怖いの？」と城戸の目がこっちを見ていた。「大丈夫だよ、ノロウイルスは死ぬほど苦しいだけで死にはしないから。アルコールで消毒もしてるし」

「いやいや、それ牡蠣好きが不都合な真実から目をそらすために言うやつですよ。ノロはアルコールより強いですから。当たってしまって、二度と食べられなくなった人もいるって聞きますよ」

「俺は生牡蠣に当たって救急車で運ばれたことがある」

城戸行人の目には挑発する光があった。言い返せずにいる莉愛にさらに言う。

「一回、入院した。そこから戻ってくるやつだけが真の牡蠣好きなんだ」

城戸行人の顔は捕食者のそれで、莉愛の体は熱くなる。

そうだ、それでいい。これが、私が知っている城戸行人だ。

莉愛のことを元大企業ＯＬなんて呼んで、Twitterで炎上させ、火だるまにした男の、これが本当の姿なんだ。

「真の牡蠣好きは私です」武者震いしながら莉愛は言った。「二つずつ頼みましょう。城戸さんと同じものを私も食べます。消毒のために純米吟醸のおかわりも」

「それアルコール度数が高いけど大丈夫？」

「大丈夫です、私、強いので」

「会計はこっちで持つから」と城戸は言ったが「割り勘で」と莉愛ははねつけた。

そして、二人は牡蠣をたいらげていく。

有名な真牡蠣の産地、兵庫県坂越《さこし》産〈牡蠣の王〉に、岡山県産の〈モナリザオイスター〉、兵庫県岩見《いわみ》産〈東堂の牡蠣〉。そして、岩牡蠣も。島根県海士町《あまちょう》〈春の音〉。そのあとは焼き牡蠣にうつる。まず牡蠣の素焼と牡蠣のワイン蒸しを二ピースずつ楽しんだあと、〈ホットオイスタープレート〉をそれぞれ頼んだ。ガーリックバターソースと香草パン粉の焼き牡蠣、オニオングラタンの焼き牡蠣、アンチョビトマトの焼き牡蠣、牡蠣のバターソテー、トリュフのタルタルソースの焼き牡蠣。

ここまでで十六ピース。

「ウニと牡蠣醤油だなんてアホみたいな取り合わせ考えたのって誰でしょうね？」

と、莉愛は十七ピース目の焼き牡蠣を睨《にら》んで言う。四杯目は辛口純米にした。火入れされた酒で、とにかくキレがある。前に食べた牡蠣の香りを消して、次の牡蠣に備えさせてくれる。

だが、その力に頼って数を食べてきたこともあって、酔いでぼうっとしてきた。いつもの上限の十五ピースを超えてしまった。実は十六ピース食べた後、酷い胃腸炎になったことがある。その時の苦しさを思い出し、十七ピース目になかなか手が出ないでいると、

「莉愛さんはそこでやめておく？」

と、城戸が言ったので、「まさか」と莉愛は無理に微笑む。

負けたくない。

この男には、食べた牡蠣の数でも、ビジネスパーソンとしても負けたくない。

だからやるなら今しかない。

すでにかなり酔っている。完全に酔っ払ってしまっては復讐どころではなくなる。牡蠣に当たるのも怖い。こっちが当たる前にむこうの食欲を奪ってやる。

莉愛はテーブルのスマホを引き寄せた。

「ところで、突然ですが」

画面をタップしてから言う。

「城戸行人さん。あなたのフォロワーはいま何人でしょう?」

城戸行人の目が上げられた。身構えるような顔になって、

「ほんとに突然だ」

と言う声からは十数秒前までのくつろいだ雰囲気が消えている。持っていたグラスをテーブルに置く彼の目の端はほんのり赤い。それほど酒に強くないらしい。

「細かく変動するから正確には把握してないけど、六二〇〇〇人あたりを上下してるはず」

「六一二三四人です」

莉愛は現実をつきつける。「昨夜二十三時の時点で六二六六二人。今朝九時の時点

で六二四二三人。そして今は六一二三四人。加速度的に減っています。なぜ減っているのかはもちろんご存じですよね」

黙ったままの相手に、

「HUBSはいま大変な状況にある」

と莉愛はさらに現実をつきつける。

「代表のあなたが昨日した、あのツイートが燃えに燃えているからです」

城戸行人の目が揺れた。

もしかしたら、ここに来たときから、相互フォロワーである莉愛の口から、あの話が出ることを恐れていたのかもしれない。

炎上しているのは城戸行人が昨夜投稿したツイートだった。牡蠣を一緒に食べに行く人がいないか、と呼びかけたツイートの一時間前に投稿されている。

大企業出身者とはもう仕事したくない。もううんざり。スタートアップ企業で働くのがトレンドなので、弊社に転職したいという相談が増えているが、勝ち馬に乗りたいだけで、自ら仕事を生み出せない受け身の人ばかりだ。弊社にはそんな人材は不要。

それは城戸行人にしては感情過多な内容だった。まず大企業出身者という主語が大きすぎる。「勝ち馬に乗りたいだけ」というのも断定しすぎだ。「不要」と斬って捨てているのも攻撃的だ。リツイート数は伸びている。

これは燃える。そう莉愛は直感で思った。

最初は賛同が多かった。「これほんとよくわかる」とか「ベンチャーならまだなんとかなるがスタートアップは保守的な人たちには無理だよな」とか。

莉愛も大企業出身者だが、今はスタートアップ企業の社員なので、城戸行人の言いたいことは理解できる。大企業とスタートアップでは文化が違う。まず序列がない。形式主義でもない。プロセスよりも結果が重視される。朝決まったことが夕方にはもう変わっている。大企業を三年で辞めた莉愛でさえ適応するのに苦労したくらいだ。長年大企業に勤めた人たちのなかにはうまく変化できずに古巣でのやり方を押し通そうとする人もいるだろう。城戸行人に賛同している人たちも、きっとそんな同僚たちに苦労させられてきたのだろう。でも——。

一言も言葉を発しない城戸行人に、莉愛はスマホの画面を向ける。

現在リツイートが一五六四九件、引用ツイートが一一三件、いいねが一四五七件。

「ツイートが拡散されていくと、届くべきではない層にも届いてしまうんですよね」

リツイート数が一万を超えたあたりから、スタートアップ企業に転職したいわけでもなさそうなのに、城戸行人の発言が許せないという人たちが現れはじめた。

「城戸行人？　知らない笑」「フォロワー数が増えて増長したか」「若くして成功されたようですが稲穂は実るほど頭を下げるといいますヨ‼」「大企業出身者が使えないというイメージを流布したいんだろうな」「私は大企業に勤務して三十年だがチャレンジ精神を持っている‼　ベンチャーでも活躍できる‼」「大企業のビッグプロジェクトの経験に育まれた人材の良さはこの人にはわからないのでしょうね」「死ね」

批判に極端に弱い人たちが世界にはたくさんいる、とは絢瀬エマの言葉である。自分の勤務先を批判されただけで彼らは激昂する。組織イコール自分ではないのに。

でも、それだけではないのではないか、と莉愛は思う。城戸行人のツイートは、大企業に勤める中高年たちの奥底の不安を突いたのだ。

古い世代の男性だけで快適な社会を維持して生きてきた自分たちは、もはや新しい社会では通用しない。若いビジネスパーソンにその現実を突きつけられ、彼らは必死で抵抗しているのだ。

俺たちが負けるわけはないんだと。

炎上が大きくなっていくと、城戸行人を取り巻く人たちにも異変が現れはじめた。「俺たちで社会を変えていこう」と城戸を煽《あお》っていたビジネスインフルエンサーたちは城戸が炎上するとこっそりフォローを外した。「私たちは同志だ」と言っていたビジネス書の著者も城戸を擁護も批判もせず沈黙を守っている。城戸を崇《あが》めていたフォロワーたちも「俺のタイムラインにも大企業の人がいるからさ、いいねできないわ」などとつぶやいている。

挑戦者のふりをしているだけでみんな逆らいたくないのだ、古い体制に。莉愛に内定辞退を迫ったベンチャー社長もそうだった。

「このままだと城戸さんは本当に一人ぼっちになりますよ」

莉愛は城戸にスマホの画面を向けたままだ。

「ツイートを消して謝罪するとか、会社として危機対応するとかしなくていいんですか?」

手が伸びてきた。莉愛のスマホにその手はかかり、ゆっくりと圧をかけ、テーブルに伏せさせる。莉愛は抗《あらが》わなかった。見たくないという心を確認できただけで満足だ。

城戸の目にもう光はなかった。

「莉愛さんは何がしたいの？」

「私は――」と口を開いたとき、よみがえってきた。生理が止まるほど苦しかった日々のことが。

「私のことを覚えていますか？」

城戸行人は反応しない。やはり忘れているらしい。莉愛はスマホを表に返し、タップする。二〇一八年三月に投稿された引用ツイートを保存したもの――スクリーンショットを見せる。

この元大企業勤務ＯＬの退職エントリ、大企業への罵詈雑言が大半だった。転職先はベンチャーって書いてあるけど、ベンチャーの取引先も大企業だって知らないのか？

「私は、あなたにかつて炎上させられた元大企業ＯＬです」

勇気を振り絞って言ってから、莉愛は相手の顔を見る。城戸行人は驚かない。その目はスマホの画面を見て動かない。無反応だ。

「莉愛さんは何がしたいのってさっき訊きましたね」

莉愛は苛立ちながら続ける。

「お答えします。私がしたいことは復讐です。今からこのツイートを投稿するつもりです」

そう言って、莉愛は準備してきた下書きツイートを城戸行人に見せる。


城戸行人って、四年前、私に女性蔑視発言をぶつけてきた人だ!


こう書いた文章の下に、莉愛を元大企業OL呼ばわりしたツイートのスクリーンショットを貼ってある。城戸行人が炎上したタイミングで、このツイートを、国内だけで四五〇〇万人が利用する巨大ソーシャルネットワークに投稿してやる。

それが莉愛の復讐計画だった。

「城戸行人、三十五歳。スタートアップ企業の代表で、ソーシャルグッドなビジネスパーソンで、フォロワーは六万人以上。でも、あなたはこれから全てを失う」

店内の音がやけに聞こえた。どこかのテーブルで酔客たちが笑う声がする。

このツイートを投稿すれば城戸行人はさらに燃える。

彼にダメージを与えるのは女性蔑視発言だけではない。大企業を批判する若者をフォロワーに晒して炎上させた過去は、彼が築いてきた挑戦者のイメージを大きく傷つけるだろう。

城戸行人は沈黙したままだ。自分の本当の姿をつきつけられ、言葉もないのだろう。

今こそ、この言葉を叫びたくなったことはない。

ざまあみろ！！！！！！！！！！！

あとは投稿ボタンを押すだけだ。でもその前に、とスマホをテーブルに置く。十七ピース目、ウニと牡蠣醬油の焼き牡蠣を取り上げる。まだ温かいそれを口に入れて、ゆっくりと味わう。

「やっぱり、牡蠣って最低な人と食べても最高に美味しいですね！」

とても幸せな気分で、辛口純米を喉に入れると、テンションが上がってきた。

「あれ、城戸さん、どうしましたか？　二十個はいくって言ってましたよね？」

「あれ、城戸さん、どうしましたか？　二十個はいくつって言ってましたよね？」

上原莉愛にそう煽られて城戸行人は思っていた。

これで、ようやく四年前の話ができる。

店に入ってから、その話をする機会を窺ってきた。だが、牡蠣が出てくると二人ともそっちに集中してしまうので切り出せずにいたのだ。

「いくよ」と答えて、自分のスマホを出す。「次は牡蠣フライでいい？」

注文サイトを開き、牡蠣フライを二ピース注文する。行人が淡々としているのが気に食わないのだろう。焼き牡蠣の殻を皿にカランと投げ出し、「何、余裕こいてんですか」莉愛は片眉をはねあげる。

「私は本気ですよ？　知らないでしょうけど、あの炎上のせいで私は多くのものを失いました。転職先から内定を辞退しろとも言われました」

「トラガからそう言われたのか」胸の痛みとともに行人は言った。

莉愛は怪訝《けげん》な顔になる。

「なんで私の転職先を知ってるんですか」

「退職エントリに転職先として書いてあった。ちなみにトラガは身売りした」

四年前の話を、自分から切り出せなかったことを、さっき行人は牡蠣のせいにした。

でも、そうじゃない。

行人はずっと逃げてきたのだ。上原莉愛という人間から逃げてきた。莉愛から誘ってもらってこの店に来てからも酒のグラスをいくつも干して、それでも莉愛の方から言ってくるまで、四年前の話をできなかった。

俺はどこまでも臆病な人間だ。

空の皿をテーブルのはしへ集めながら行人は話し続ける。

「資金繰りに行き詰まったんだ。エンジニアを残して社員はリストラされた」

「知ってます」莉愛は辛口純米に口をつける。「ざまあみろですよ！　私を雇わなかった企業はそうなるんです」

「莉愛さんの勤め先のPAUSEってフェムテックのスタートアップだよね？」

行人は、上原莉愛のbioを思い出す。

「私たちは前に進んでいく──企画→マーケ担当──女性のカラダの課題をテクノロジー

で解決するPAUSE―フェムテックを知ってほしい―友人たちと同じマンションに住む―読書ブログ―日曜はだいたい寝てる―牡蠣の産地めぐりをするのが夢」

「フェムテックは生物学上女性の人たちの生活を快適にするプロダクトやサービスのことだよね。投資家たちに注目され、資金が集まっている成長分野だ」

「よく知ってますね」莉愛は面食らっている。「……そうです。人類の半分しかいない、生物学上男性のためだけにデザインされた社会を変えていこうってビジョンのもと働いてます」

「……なのに、資金が集まると、大企業のおじさんたちがいっちょかみさせろって押し寄せてくる」

なぜそれも知っているのだという顔をして、莉愛は言った。

「代表が女だからって舐めてるんですよ」

「男が代表でも同じだ。金が集まる分野にいっちょかみするだけで食っていけた古い世代の成功体験を彼らは捨てられない」

「……そうです」莉愛がうなずく。「彼らは自分では新しいものを生み出せないので」

「だから新しい世代から奪おうとする。そういうビジネスマンたちによる乱獲の結果が今の日本経済の惨状だ」

「牡蠣を乱獲してた時代の漁師と同じですね」

そこまで言ってから、莉愛ははっとした顔になり、行人を睨みつける。

「仲間みたいな雰囲気に持ってこうとするのやめてくれます？」

小さくうなずいてから、「まあ聞いてくれ」と行人は言った。

「代表の絢瀬エマさんは大学の同期だ。Facebookをフォローしてて、起業するまでの経緯を知ってる。友達申請はしてないからむこうは俺を知らないと思うけど。あのRiaUeharaがPAUSEに入社したって聞いてすごく納得したんだ」

「納得ってどういうことですか？」と問う莉愛の前に牡蠣フライが運ばれてきた。キラキラと油が輝く衣のむこうにいる彼女を見ると緊張がこみあげる。

行人は「覚えてたよ」と勇気を振り絞って言った。

「元大企業ＯＬのことを俺はずっと覚えてた」

「へ？」莉愛にはまだ笑みが残っていた。

「莉愛さんが俺をフォローしてきたときもRiaUeharaだってすぐ気づいた。プロフィール画像も勤務先も変わっているけれど、勢いある文体は変わっていない」

よりよい社会をつくりたい。そう思ってあれからの四年間も生きてきた。だから今日ここへ来た。彼女に言わなければならないことがあるからだ。

「上原莉愛さん、この四年間、俺もあなたのツイートを見ていました。行人は続ける。ここへ来たのは謝りたかったからです。あなたに女性蔑視的な言葉を吐いて炎上させて傷つけたことを」

行人は座り直して、深々と頭を下げた。

「全て当時の私の愚かさが起こしたことです。あなたには一切の非がない。謝って済むことではないが、取り返しのつかないことをして申し訳ないと思っています」

ガタッと音がした。莉愛が立ち上がったのだ。「なにこれ？」と言っているその顔に笑みはもうない。

「私のことを四年間見てた？　は？　どういうこと？　私のツイートを見てた？　それ嘘ですよね？」

「嘘じゃない」行人は首を横に振る。「Twitterだけじゃなく Instagramも見てた」

「……ああ、だからか！　莉愛さんの生牡蠣の写真はいつも美味しそうって言ってたのは」

彼女は狼狽している。しまったと思い、行人は言い繕《つくろ》う。

「見ない方がよかったかな。牡蠣の写真をインスタに投稿したってツイートしてたから、つい」

「いやいやいやいや、怖いですって。インスタまで見られてたなんて怖さしかない！」

彼女のことを忘れていなかった。そう告げてから謝罪したい。そう思っていたのだが、逆効果だったらしい。「でも相互フォローだし」と、行人はさらに言い繕う。

「インスタも見てくださいって莉愛さん、ツイートしてたし」

「いやいや」莉愛は首の後ろの髪をぐしゃぐしゃとかき回している。「あなたは見ちゃだめでしょ！　あなたは私を炎上させた人なんですよ？」

「それは、その通りだけど」怖いと言われるだろうと覚悟していた。でもここまで裏目に出るとは思わなかった。考えが甘かったと、行人は胸に息を入れる。

「でも、とりあえず、その四年前の炎上のことから弁明してもいいですか」

お前の弁明なんか聞いてやるかという顔を莉愛はしたが、

「莉愛さんがなぜあんな目に遭わなきゃいけなかったのかを話したいんだ」

行人がそう言うと、莉愛は黙った。テーブルに座り、牡蠣フライを半分齧《かじ》りながら、何かを考えているようだったが、行人に目を向けて言った。

「わかりました。でも敬語はやめてください。そんなことで許されると思わないで」

「あの頃の俺は過労状態だった」

行人は話を始める。莉愛の目が三角になるのを見て、「わかってる」と付け加える。

「Twitterで暴言吐いたやつって、決まってそう言い訳するよな。でも聞いてくれ。当時の俺はメガベンチャーで死ぬほど働いてた。ベンチャーって見かけは先進的だけど大企業から来た社員もいた。彼らの大企業文化がいい影響を与えてくれることもあったんだ。でも、社員が千人超えたあたりから、彼らの力が強くなっていった。一社目が大企業である人こそ血筋として正当だって空気ができていった」

「ベンチャーなのにですか」莉愛が反応して、すぐ、しまったと言う顔で口をつぐむ。

「RiaUeharaの退職エントリがタイムラインに回ってきたのはそういう時期だった」

あの頃の自分のことを話すのは初めてだった。その相手が、自分が傷つけた莉愛であってよいのかという迷いはある。だが、話さなければならない。

「勝てそうな相手を、俺は探してたんだ」

莉愛の頬がぴくりと動く。牡蠣フライはもう食べ終わっている。

「あの日、俺は大企業出身の先輩から言われた。一社目が最終学歴だって。ベンチャーしか知らないお前は成果を出しても出世できないと。心を折るためのマウンティングだってわかってた。でも俺にもコンプレックスがあったんだろうな。言い返せなかった。このままじゃ負けるって気持ちでいっぱいだった」

「で、元大企業ＯＬになら勝てるって思ったわけですか」

莉愛は憐《あわ》れむ目をしている。行人はうなずき、「でも勝てなかった」と言った。

「俺がマウンティング野郎どもに言い返したかったことが、RiaUeharaの退職エントリには全部書いてあった。なぜこれを書いたのが俺じゃないんだってまぶしくさえあった」

「それで城戸さんにマウンティングしてきた人たちと同じことをしたと」

莉愛の言葉がナイフのように切り込んでくる。退職エントリの文章そのままだ。

四年前、彼女に心ない言葉を投げつけた人たちの気持ちが行人にはわかる。

彼らは怖かったのだ。大企業という硬い殻から外に出て、脆弱《ぜいじゃく》な自分のままで、次世代のために社会を変えていこうと呼びかける彼女の言葉の鋭さに彼らは恐怖したのだ。

自分もその一人だ。彼女に負けたくなかった。だから燃やそうとした。

「RiaUeharaを炎上させたくせに、彼女の退職エントリを俺は保存して持ってた。炎上させたくせになぜって顔してるね。でも本当に何回も読んだし、今も読んでる」

「今も？」莉愛が戸惑う表情になる。

「炎上から半年後、莉愛さんにフォローされたときはどういうつもりだろうと思った。俺を監視しているのか、いつか復讐するつもりなのか、わからなくて怖かった」

「だったらすぐ謝罪すればよかったのに」

額に汗がにじむ。行人は小さく何度もうなずきながら言葉を探す。

「あんなことをしておいて、言葉だけの謝罪をしたとして、あの上原莉愛が受け入れてくれるとは思えなかった。彼女が望むのは俺が惨めに負ける姿だけだろう」

「それは」莉愛はなにかを言いかけた。

「死に物狂いで変わるしかないと思った。大企業病にかかってしまったベンチャーから抜けて、スタートアップをたちあげようと決断できたのは莉愛さんのおかげだ」

「はっ」莉愛は吐き捨てるように言う。「つまり、こういうことですか。ソーシャルグッドなビジネスパーソンに変わっていく様子を見てもらうことが俺の償いだと。さすがはフォロワー六万人以上の城戸行人。美しいストーリーの捏造《ねつぞう》がお上手ですね」

「……捏造？」

「いま考えたにしては上出来です」莉愛は薄く笑った。「真摯に語るそのまなざしに引き込まれて、うっかり許してしまいそうになりました。さすがは優等生」

真崎の嘲《あざけ》るような顔が思い浮かび、行人は苦々しげに「優等生か」とつぶやく。

莉愛と会うことになったことを、ここに来る前に真崎には話した。その時も言われた。優等生もいい加減にしろと。四年前炎上させたOLと飲んでどうする。ああいう界隈の女はさ、男を陥れることしか考えてない。そんなことより炎上したツイートを消せ。投資家たちにリスク管理もできない奴だと思われるぞ。ベンチャーキャピタルだって大企業の子会社だ。スタートアップに投資してるからって先進的なやつらってわけじゃないんだぞ。もっと賢くならないと――。

広報担当も行人をオフィスの入り口まで追いかけてきて言った。牡蠣食べたいなら苦手だけどおつきあいしますと。フォロワーが増えるたびに喜んでいた彼女のことを考えると胸が痛んだ。

でも上原莉愛から逃げるわけにはいかない。

いま逃げたら、もう二度と、ソーシャルグッドなビジネスパーソンは名乗れない。

それに。

「莉愛さんはなぜ俺に会いにきたんだ?」

行人が言うと、莉愛の目が揺れた。

「俺に復讐したいだけなら、その下書きツイートを投稿すれば済む。なのにリスクを冒してまで俺に会いにきた。四年間フォローしてるうちに知りたくなったんじゃないか? 俺が本当はどういう人間なのか」

莉愛は何も言わない。身じろぎもせずにこっちを見ている。

「あんなことをした以上、自分から誘うわけにはいかない。だが、もし莉愛さんから会おうと言ってきたら、その時は会おうと思ってた。会って、あなたを傷つけた人間は、城戸行人なんてたいしたことがない人間なんだって伝えたかった」

そしてもし、許されるなんて未来があるなら、酒を酌み交わしてみたい。

あなたのおかげで今の自分はある。そう伝えたい。ずっと願っていた。

「でも甘い考えだった。莉愛さんが負った傷は、俺が思うよりずっと深い」

行人は皿に一つ残っている牡蠣フライに齧り付いた。それから五杯目のシャブリを一気に飲み干す。それから「さっきの下書きツイート見せて」と手を差し出す。

「え？」

「俺を告発するツイート。もう一回見せて」

行人の勢いに押されたのか莉愛は怪訝な顔のままスマホのロックを解除して、こちらへ突き出す。その画面に行人は手を伸ばし、

城戸行人って、四年前、私に女性蔑視発言をぶつけてきた人だ！


下書きツイートの投稿ボタンを押した。

「え？」画面を見て、莉愛が驚愕している。「投稿しちゃったんですか？」

「した」行人はうなずいて画面を指差す。「もう絢瀬さんにリツイートされてる」

「絢瀬エマが？　彼女のフォロワー三万人はいますよ？　消さなきゃ！」

動揺している莉愛の手から、スマホを奪うのは簡単なことだった。

「あっ何を！　返してください！　すぐ消さないと拡散されちゃいますよ？」

「拡散すればいい」行人はスマホを返さずに言う。「望み通り燃えてやる」

「燃えてやる？　いや、でも城戸さんにはさっき、ちゃんと謝罪してもらったし」

「どうせ謝罪なんか望んでないんだろ？　だったら復讐をやり遂げろ。四年前と同じように俺に勝てよ」

勝て、という言葉を聞いた莉愛の頬がまたぴくりと動く。

「……でも、謝罪した人をさらに炎上させたらオーバーキルになってしまいます」

「そんな、ソーシャルグッドなビジネスパーソンみたいなことを言うな」

「ソーシャルグッドなビジネスパーソンです、私は」

莉愛は激しく迷うような顔になって言った。

「……それに、城戸さんはこれでいいんですか？　だってあなたは本当に頑張ってきたじゃないですか？　よりよい社会を作るために戦ってきた。そのことを誰より知ってるのは私です」

莉愛のその言葉でこの四年間が報われた気がした。

行人はスマホを開く。そして「最後は牡蠣のリゾットでいい？」と尋ねる。

「牡蠣なんか食べてる場合ですか。HUBSの代表を退くことになるかもですよ?」

「そうなったとしてもいい。それで莉愛さんの気が済むなら」

莉愛は唖然としている。自分はどんな顔をしているんだろうと思いながら言う。

「俺が退いたとしても真崎がいる。あとはあいつがなんとかする」

「真崎道成《みちなり》……! 共同経営者ですね。やたらおしゃれなメガネをかけてて見た目は令和だけど、彼のツイートからは昭和平成のオッサンのエキスがほとばしってます」

「よく知ってるね。真崎のツイートまで見ているとは思わなかったけど」

「城戸さんが代表を退いたら、あのオッサンが代表なんですか?」

「そうなるだろう。俺は燃えるところまで燃える。明日、会社のブログに四年前に莉愛さんにしたことをちゃんと書くよ。大企業出身者を批判したツイートを書いた経緯も書く。この数ヶ月、大企業の子会社であるベンチャーキャピタルから理不尽な要求に応えろと言われていたことも。だから、ツイートを消すつもりもないし、後悔もしていないって書く」

「そんなことしたら誰もあなたと一緒に仕事をしてくれなくなりますよ?」

自分が炎上したことを思い出したのか、怯える顔になった彼女に、

「そんなことはない」

自分でも不思議なくらい強い確信を持って、行人は言った。

「上原莉愛なら一緒に仕事をしてくれる。そうだろ?」

莉愛は口を開いたが、何と返したらいいかわからなかったらしい。エネルギー過多な彼女の瞳が動いている。

なにかを必死に考えている。

そのとき、他の客が酔った足取りでこちらにやってきた。六十代くらいの身なりがいい男性だ。舐めるような目で莉愛を見ている。

「カノジョ、可愛いねえ」

「彼女じゃありません」と答えてから、知り合い? と行人は声を出さずに問う。全く知りません、と莉愛の口が動く。

「いやいやそれはないでしょー、ふたりデキてるでしょ!」

男性は部下にでも言うような慣れ慣れしい口調で話しかけてくる。

「昔の映画ではさ、男と女が牡蠣食べてたらデキてるって暗喩だったんだよ? 牡蠣

ってセックスの象徴だから。ほら、形が女性のアレに似てるし、男にとってはさ、精力増強の食材だからさ」

一方的に喋って、恍惚とした表情を浮かべ、その男性は、二人に言った。

「知らなかったでしょ？」

行人と莉愛は同時に、獰猛な捕食者の口を開いて吠えた。

「うるせえ、黙ってろ、クソジジイ」

それきり、その男性を視界から消した。

若いビジネスパーソンたちは忙しい。よりよい社会を作らなければ日本は滅びてしまう。アホな老人たちの相手をしている暇はない。

二人は舌戦を続ける。

「酒の勢いで馬鹿なことしたって、絶対に後悔しますよ」

「だから後悔しないって。実を言うともう限界だったんだ。スタートアップ企業の代表なんてやるもんじゃない。毎日つらいことしかない」

「は？　それただの逃げじゃないですか？　私のために退任するとか言ってるけどつらいことに負けただけでは？」

「もう負けでいいよ。競争から降りたいんだ。絢瀬さんに頭を下げてそっちの会社に入れてもらおうかな」

「だめ！　こっちには来ないで！　絢瀬も雇いそうで怖いし絶対来ないで！」

「でも資金調達は得意だよ。……あ、きた、牡蠣リゾット。牡蠣四つものってるけど、まだいける？」そう言ってから、行人は突然晴れ晴れとした気持ちで言った。「俺、こっちの競争から降りる気はないから」

そして思った。

人類がほんとうに熱中すべきは、こういうくだらない競争なんだ。

「だったら勝負です」莉愛はウェストを緩めている。「私に負けたら、城戸さんはHUBSの代表に戻ってつらい目に遭い続けてくださいよ？」

「その勝負、受けた」と行人はニヤッと笑ってメニューを開いた。「とりあえずアルコールで消毒しますか」

「だから！　アルコールで消毒はできませんって！」

OysterWarsという文字がふたりのグラスに映ってきらりと光っている。

ホンサイホンベー

一穂ミチ

一穂ミチ（いちほ みち）

2007年『雪よ林檎の香のごとく』でデビュー。22年『スモールワールズ』で吉川英治文学新人賞を受賞。同年『光のとこにいてね』が直木賞候補、23年本屋大賞ノミネート。主な著書に「イエスかノーか半分か」シリーズ、『きょうの日はさようなら』『砂嵐に星屑』『パラソルでパラシュート』『うたかたモザイク』など。

実家に辿《たど》り着いたのは、父の訃報から五日後だった。慌ただしく帰国便を手配し、PCR検査を受けて各種手続きをweb上で行い、十四時間がかりで成田に到着すると（ロシアによるウクライナ侵攻で迂回《うかい》ルートを飛んだ）近くのホテルに三日間籠《こ》もった。ワクチンを三回打っていたので隔離義務はなかったが、念のため。わたしは機内でもホテルでもお酒を飲み続け、常にうっすら酔っ払っているような状態で頭の中は霞《かすみ》がかかっていた。ホテルの窓から見える数年ぶりの日本の景色も灰色に濁った雲の下にあり、春らしいうららかさはどこにも感じられない。そのくすんだ眺めこそが今の自分にちょうどいいと思った。心浮き立つ帰国じゃない。でもいつかこんな日が来るのを知っていたし、心のどこかで待っていた。もう一度あの人に会うことを。

自主隔離が明け、もはや何日酔いと呼んでいいのか、頭痛の膜をべったり張りつけたままチェックアウトすると外は乳白色の霧雨に覆われていた。わたしはスーツケースを引き、バス、電車、タクシーと乗り継いで実家を目指す。訪れるのは初めてだから、「実家」という言い方が正しいのかわからない。父は五年前こちらに引っ越し、わたしが生まれ育った家はもうない。見覚えのない街並みは粒子の細かい雨にけぶり、点描画みたいだった。タクシーの窓に額をくっつけて目を細めるとまた頭が痛む。ナビに入力してもらった住所に到着すると、そこはこぢんまりとした平屋で、庭先で白木蓮《はくもくれん》が雨を浴びていた。白い花の向こうに佇《たたず》む人影を見た瞬間、身体をぴきっと縦に裂かれたような緊張が走る。車を降りて近づくと、白いワンピースを着たその人はマスクの上の目だけでほほ笑み「おかえりなさい、彩葉《いろは》」と言った。マスク越しでくぐもっていたものの、十六年ぶりに聞く声と、何の気負いもない自然な口調にふっと緊張が解け、わたしもさらりと応えていた。

「ただいま、ホアン」

グエン・ティ・ホアン。父の妻、わたしの継母。

わたしが履いてきた黒いパンプスと、ホアンのサンダルが玄関に並ぶ。赤いサテン生地にピンクの蓮《はす》の花が刺繡《ししゅう》された、薄っぺらいスリッパタイプの履き物には見覚えがあった。

「これ、昔から履いてたよね」

彼女は年がら年中このサンダルを愛用していて、海に行った時も足を砂まみれにして笑っていた。走る時の、ぺたんぺたんという独特の音までよみがえってきて、わたしは和やかな気持ちになったのだけれど、ホアンは「恥ずかしい」とマスク越しに口元を押さえた。

「もうおばさんなのに派手な靴のままで……貧乏性だから、まだ履けるものを捨てられないんです」

「そんなつもりで言ったんじゃない」

慌ててとりなす。

「物持ちがいいのは長所だよ」

「ありがとう。長旅で疲れたでしょう、お茶を淹《い》れます」

「ホテルでだらだらした後だから、全然」

「でも目の周り腫《は》れてます、よく眠れなかった？」

ホアンの大きな目がわたしを捉《とら》える。マスクで顔のほとんどが隠れているぶん、雨に濡れたような瞳の輝きが強調され、わたしはすっと視線を外す。

「違うの、暇すぎてお酒ばっかり飲んでた」

こんな時に、と呆れられるかと思ったが、ホアンは「彩葉もお酒が飲めるんですね」としみじみつぶやいた。

「当たり前だよ、もう三十五なんだから」

「はい、わたしは五十になりました」

「ふたりともおばさんだね」

「ううん、彩葉はきれいな女の人になりました。わたしは年を取った」

「そんなことない」

「今はマスクしてるから、ほうれい線とか見えないだけ」

彼女のボキャブラリーに「ほうれい線」なんて単語があるのが何だかおかしかった。ほうれい線はわからないけれど、目尻に浅いしわができている。おさげに引っ詰めた髪の生え際がまだらに白くなっている。日本語はさらに上達して、記憶よりずいぶんなめらかに堂々としゃべっている。でも、チープなサンダルと「つ」の発音がどうしても「ちゅ」になってしまうところは昔のまま。

「ホアンは、ちっとも変わらない」

わたしがそう言うと、ホアンの目は糸のように細まった。喜んでいるようにも、怒っているようにも見える。ひょっとするとおべっかだと思われたのかも、と胃がひやっと竦《すく》む。わたしはかつて彼女を手ひどく侮辱した。十六年の年月はそのしこりを溶かすには至らず、死んだ父の手前、和やかに接してくれているだけで、本当はわたしを軽蔑したままなのかもしれない。ふたつの黒い裂け目を前に何も言えずにいると、ホアンは「こっち」と穏やかにわたしを促す。

短い廊下の先は八畳ほどのリビングダイニングで、ふたり掛けのテーブルセットとソファは、おままごとの道具みたいにかわいらしい。「座ってください」と言われたが、椅子とソファのどちらに腰を下ろしていいのかわからず、リビングの掃き出し窓に近づくとカーテンを開けて外を見た。ダブルベッド程度の広さの庭に常緑樹が何本か植わっていたが、植物に疎いわたしには名前がわからない。背後では、ホアンがやかんを火にかけているようだ。水道の蛇口をひねって水を出す音や、ガスコンロのかちっという起動音が響き渡るほど静かで、雨のミストも無音のましっとり庭を濡らしている。

「久しぶりの日本はどうですか？」

ホアンが尋ねた。

「話には聞いてたけど、みんなほんとにちゃんとマスクしてるって感心した。あっちではもう規制が撤廃されたから」

「窮屈ですか？」

「わたしは、むしろマスクしてるほうが楽なくらい」

乾燥に弱いのと花粉症のせいで、元々冬と春はマスクが手放せないたちだったから、それが夏秋にまで拡大しても特に苦痛ではなかった。

「フランスで、いい人はできましたか？」

「いい人って」

古くさい言い回しに思わず笑い、振り返ると、ガラスのティーポットに茶葉を入れるホアンの後ろ姿が目に入る。小柄だけれど腰の位置が高く、すらりとした彼女がアオザイを着ると誰もが感嘆のため息を漏らした。肩や腰の細さも、引き締まったお尻も、わたしの目には昔と変わらない。

「恋人のこと『いい人』って言うの、好きなんです。やさしい感じ」

「そうかなあ」

「どんな仕事してる人ですか？」

「調香師。香水を調合する人」

答える時、すこしためらった。わたしと父の、そしてわたしとホアンの長い断絶に関わるものだったから。でもホアンはわたしに背を向けたまま「すてき」と声を弾ませた。

「彩葉は香水が好きなんですか？」

「ううん。嫌いじゃないけど、仕事柄NGなの。しょうゆとかだしのメーカーの現地法人で、フランス人向け商品の味見も競合他社の研究もしなきゃいけないから、香水をつけてると匂いや風味がわからなくなっちゃう。『いい人』には『あなたはいつもうっすらしょうゆくさいよ』って言われる」

今度はホアンが笑う。

「じゃあ、お休みの日に香水をつけたらいいのに」

「うん……何だか、腰が引けちゃって」

二十年前に死んだ母の宝物だった香水瓶を思い出す。まん丸い蓋《ふた》のついたクリスタルの容れ物をシルクのスカーフに包んでドレッサーの抽斗《ひきだし》にしまっていて、晴れた日には窓越しの陽光にかざし、ちかちかときらめくプリズムを眺めるのが彼女の数少ない楽しみのひとつだった。

──どうして香水を入れないの？

ある時、わたしが尋ねると母は「入れたら終わっちゃう」と答えた。

──たくさんある香水の中から、ひとつ香りを選んで入れたら、この瓶の可能性はそこでおしまい。この香りのための瓶って決まっちゃう。そんなのつまらないでしょ。

──いちばん好きな香りにすればいいじゃない。

──選んでしまいたくないの。

何それ、全然わかんない、と少女だったわたしは笑い飛ばした。

「いい人とは、どこで知り合ったんですか？」

「日本から友人が遊びに来た時、フレグランスショップ巡りにつき合ってたらお店で声をかけられたの」

空っぽの瓶を遺して母は逝った。あの香水瓶のことを思うたび、クリスタルのように透明な棘《とげ》が胸を刺す。だから、ショップで多様な香りをたたえてずらりと居並ぶ香水瓶のきらめきはいたたまれなかった。居心地の悪さを悟られないよう振る舞ったつもりでも、顔に出てしまっていたのだろう。「具合でも悪いの？」と気遣われたのが馴れ初めで、恋人と出会えたのは母のおかげと言えなくもない。そして父のおかげ、ホアンのおかげ。

「それもすてき。映画みたいですね」

「パリで調香師にナンパされるなんてベタ過ぎて恥ずかしいけど」

「そんなことありません」

うすい銅色のやかんがしゅんしゅんと鳴き、細い口から乳白色の湯気を噴き上げ始めると、ホアンは火を止め、熱湯をポットに注いで蓋をし、わたしの傍《そば》にやってきた。

「秋だったら、コキアが紅葉していてきれいだったんですけど」

「コキア？　あの、背の低いボワッとしたやつ？」

「ボワッと、はよくわかりません」

長年日本にいても、オノマトペを感覚的に理解するのはなかなか難しいらしい。わたしは「今は植えてないの？」と訊いた。

「一年草だから、冬には自然に立ち枯れます。取っておいた種を春に蒔《ま》くとまた大きくなるんです。大家さんが、庭は好きにしていいと言ってくれたので育ててました」

「ふうん」

残念、とつぶやくわたしにホアンは「コキアは彩葉の木ですよ」と言った。

「え?」

「コキアの茎は干してほうきにできます。だから別名は箒木《ほうきぎ》。それで、箒木《ははきぎ》先生がコキアを植えようと言いました」

「そうだったの」

ははきぎいろは、という自分のフルネームを、口の中で転がして苦笑した。

「こんなに『は』が多いとフランスでは困るの。Hの音を発音しないから、『アアキギイロア』になっちゃう」

「それは変ですね」

ホアンがくすっとうつむく。ガラスにぼんやり映るわたしたちの服はそれぞれ黒と白のワンピース、お葬式の鯨幕《くじらまく》に見えなくもない。父は通夜も葬儀も不要と言い遺していたので、既に火葬まで終わっている。だから何を着てこようが構わなかったのだけれど、自然と黒い服を選んでいた。

「ベトナムに喪服はないんだっけ？」

「ええ。頭に白い鉢巻をします。ベトナムでは弔いの色は白なんです」

「そう」

ホアンから教えてもらったいくつかのことを、今でも覚えている。ベトナムでは「グエン」という姓が四割を占めるので、名前で呼び合うほうがわかりやすい。「ティ」は女性につくミドルネーム。「ホアン」は「花」という意味。それから――。

肩が触れそうな距離にいる彼女は、昔と変わらず、ふしぎな香りをまとっている。喩《たと》えるなら、南国の花が雨に打たれてたおやかに漂わせる香り。受粉を誘って惜しげもなく撒《ま》き散らす芳香ではなく、つぼみの先端がほころんだ頃合いの青くあえかな気配が、濡れた土の甘い匂いと混じって蝶《ちょう》のように鼻先にひらめく、そんな感じだった。わたしの恋人なら、もっと的確に分析してくれるのだろう。

「そろそろ、お茶が飲み頃ですね」

わたしたちはダイニングテーブルで向かい合い、熱いジャスミン茶を飲んだ。マスクを外したホアンの口元には確かに昔なかったほうれい線が刻まれていたが、それはと同じだ。

単なる変化であり、衰えだとは思わなかった。わたしがとうに少女ではなくなったの

「すこし濃かったですね」

「ううん、おいしい」

アルコール以外のまともな水分をろくに摂《と》っていなかった。まぶたがむくむのも無理はない。一杯目のお茶を飲み干すころ、ホアンが「びっくりしたでしょう」と言った。

「パパのこと？　そうでもない。ある程度は心の準備ができてたからかな」

五年前、弁護士事務所からの封書を受け取った当時、わたしは長い不倫の泥沼にいて、とうとう相手の家庭にばれたのだろうと思った。何年も続いた不毛な関係はお互いを傷つけ、湿っぽい感傷に晒《さら》された傷口がぐじぐじと化膿《かのう》しているのにどうしても離れられずにいたから、いっそ第三者に介入してもらうほうが楽になれると安堵《あんど》した。でもそれはわたしの早とちりで、弁護士は父の依頼でコンタクトを取ってきたのだった。相続や遺産管理に関する手続きを担うことになったという受任通知なるものに目を通してすぐ、わたしは先方に電話をかけた。そして父が癌《がん》になったこと、大学を辞め、いわゆる「終活」に取り掛かって家や蔵書の類も処分し始めたことを知っ

た。

——そんなに容態が悪いんですか？

——余命数カ月とか、切迫した状況ではないそうです。もちろん、絶対に大丈夫とも言い切れませんが。奥さまが外国の方でいらっしゃるし、煩雑な書類の申請などは難しいだろうということでご依頼いただきました。

確かに、わたしも相続だの分与だのの実務はぼんやりとしか想像できない。現に「あらかじめ相続放棄したい」と言うと「被相続人がご存命のうちに相続放棄はできないんですよ」と教えられた。その代わり「遺留分の放棄」ならできると言う。法定相続人はわたしとホアンのふたりだから、その上で父にはホアンに全財産を譲る旨の遺言書を書いてもらえばいい。弁護士のサポートで手続きはスムーズに進み、同時にわたしは、フランス転勤の打診を引き受けることにした。潔く人生の幕を引こうとしている父に触発され、荒療治でしがらみを切り捨てる覚悟がようやく決まった。父には会いに行かなかったし、会いたいとも言われなかった。父のいない人生が当たり前になっていたので今さら「和解」したところで無意味だと思った。弁護士からの電話で父の死を知らされた時にもふしぎなほど後悔はなかった。

元から不仲だったわけではなく、むしろわたしはパパべったりな子どもだった。病弱な母に気兼ねなく甘えられなかったせいかもしれないが、反抗期などどこへやら、連れ立って出かけるのも、生理痛のつらさを訴えるのも、一緒にお風呂に入るのさえ平気だった——これは、小学校高学年になると父の側からNGを出されたが。ひょっとすると、普通の父娘の一生分の触れ合いを十九年でやり尽くしてしまったのかもしれない。父がどう思っていたのかはわからない。まだ許せなかったのか、不在という灰色の凪《なぎ》に今さら波風を立てたくなかったのか。

「……ねえ、ホアン」

二杯目のお茶を啜《すす》って切り出すと、口の中が一気に渋くなる気がした。

「弁護士の先生から、ホアンがわたしに頼みたいことがあるって聞いてるんだけど」

コロナ禍も終わっていない中、わざわざ帰国したのはそのためだった。電話口で弁護士は『ホアンさんが、彩葉さんに折り入ってお願いしたいことがあるそうです』と言った。

——どんな？

——それは私も伺っておりません。彩葉さんと直接お話がしたい、と。

ホアンがわたしに、頼みごと。想像もつかなかった。父の死にまつわる以上、よい話ではない気がした。それでもわたしはここに来た。好奇心か、責任感か、罪悪感か、あるいは。

ああ、とホアンが口を開きかけたのを制するように、リビングの隅で固定電話が鳴った。妙にまろやかな呼び出し音が懐かしく、まだそんなものを使っているのかと驚いた。思わず腰を浮かせかけたわたしを、ホアンが目で留める。といって自分が動くでもなく優雅にお茶を飲んでいるので「出ないの？」と尋ねると、「出ません」とあっさり頷《うなず》いた。

七回のコールの後、留守番電話サービスに切り替わった途端、けたたましい女の金切り声が聞こえてきてぎょっとした。

『また居留守使ってるの？　泥棒女、いるのはわかってるんだからね‼』

脳天を突き刺すような甲高い声には聞き覚えがあった。父方の叔母だ。

『通夜も葬式もせずに全部事後報告だなんて非常識にも程があるでしょう。金づるが死んだ途端本性を現したわね、卑しい女。絶対あんたの思いどおりになんてさせないから』

覚悟しなさいよ、という捨て台詞《ぜりふ》で電話が切れるまで、指一本動かせなかった。物音を立てたら相手に気づかれ、耳障りな声に搦《から》め捕られてしまいそうで恐ろしかった。叔母は電話越しにも明らかな憎悪を噴出させていて、わたしは身ぶるいを催したというのに、平然と聞いているホアンが信じられない。

「今の、叔母さんだよね」

恐る恐る確かめると、涼しい顔のまま「ええ」と答えた。

「旦那さんの事業がうまくいっていないそうで、十年くらい前から、お金のことで何度も電話があってそのたびに箒木先生が怒ってました。おかげでわたし、『金の無心』と『後妻業《ごさい》』っていう日本語を覚えました」

それもあって父は弁護士に依頼したのかもしれない。叔母に相続の権利はないはずだが、ホアンが騙《だま》されないように。何て卑しい、と怒りのまま毒づきかけたが、自分だって人のことは言えないと慌てて口をつぐむ。留守電にはメッセージが何十件と溜まっていて、試しに再生してみるとほとんどが叔母の罵詈雑言《ばりぞうごん》だった。薄汚い外国人、娘（わたしのことだ）まで追い出した鬼嫁、結婚詐欺師……罵倒のバリエーションに呆れるとともに、放置しているホアンを不気味に感じた。

「電話線、引っこ抜けばいいのに」

「住所や携帯番号は教えていないので、これが唯一の連絡手段なんです。残しておいてもいいでしょう」

「不愉快でしょ」

「別に」

ホアンは貫禄さえ感じられる笑みを浮かべる。

「ひとりの夜は、自分以外の物音があるほうが却って安心するんです」

そしてマスクをつけ直すと「話の途中でしたね」と言った。

「彩葉には、先生の骨を砕くのを手伝ってほしいんです」

雨脚が強まってきたのか、かすかな雨音が聞こえてくる。骨を砕く、というあまりに不穏な言葉にわたしは戸惑い、電話の前で棒立ちになった。

「……なに？」

「先生の、骨、お骨です」

ホアンは日本語の先生になったようにゆっくり言葉を区切って繰り返す。「おこつ」が「おこちゅ」に聞こえる。

「お葬式はいらない、お墓もいらない、骨は海でも山でも適当に撒いてくれ。それが先生の遺言でした。でも、骨を撒くには細かく砕かないと罪になるんですね。この辺の火葬場では、灰になるほど高温では焼いてもらえないそうです。だから、後は手作業で」

「わたしが？」

「わたしと、彩葉が」

ホアンは柔和に目を細めているものの、唇がどんな形を作っているのかは見えない。

わたしの頭にまず浮かんだのは「罰当たり」という言葉だったが、父がそれを望んでいたのなら仕方ないとすぐに打ち消した。わたし自身、死んだ後の残骸の処遇になど興味はないし、母の墓にさえ長らく参っていないのだから罰も何もあったものじゃない。わたしが父でも、同じように望むかもしれない。ならば、これが父にしてやれる唯一の手向《たむ》けだという気がして「わかった」と頷いた。ホアンが「彩葉なら引き受けてくれると思ってました」と眉尻を下げる。

「どうすればいいの？」

「準備してます、お風呂場に来てください」

ホアンについて浴室に行くと、床に段ボールが敷かれ、その上に口を縛ったゴミ袋が置いてあった。白く褪《あ》せた骨が水色の袋から透けて見える。こんなかたちで父の亡《なき》骸《がら》と対面するとは思わなかった。浴槽の蓋の上には軍手と金槌《かなづち》がふた組ずつ、どうやらこれで砕くつもりらしい。

「骨の粉が絡まるから軍手じゃないほうがいいと書いてありましたけど、袋を三重にして口をきつく縛ったからまあ大丈夫でしょう。一応、防塵《ぼうじん》マスクはありますからつけ替えてください」

「書いてあったって、どこに？」

「ネットです。粉骨っていうそうです」

粉骨砕身、という四字熟語を連想した。まさか文字どおりの行為に手を染めるとは。

「後妻業とか、役に立たない日本語がどんどん蓄積されていくのね」

「新しい言葉は新しい武器ですから、どんなものでも覚えると嬉しいです」

言葉は武器である、とは父の口癖だった。ただし使い方によっては一撃で他者を殺し得るからどのように使うかよくよく考えなくてはいけない、とも。不肖の娘は父の教えを生かせなかった。

くちばしみたいなマスクを装着し、軍手を嵌《は》め、金槌を握る。鈍器の重さがずしりと腕にかかる。それを最初に振るったのはホアンだった。頭蓋骨だろう、欠けたお椀みたいに湾曲した骨がぐしゃっと崩れる。何のちゅうちょもない動作はわたしの気後れも打ち砕いてくれた。シアーなゴミ袋の中身は父ではない、単なる物質だ。この作業は冒瀆《ぼうとく》にあたらない。次はあなた、とホアンの目が告げる。わたしは右腕を肘《ひじ》から持ち上げ、金槌の重量に任せるように振り下ろした。平らにひしゃげた骨がさらにひび割れる。鉄塊越しに伝わってきたのは、みっしりしたマカロンを押しつぶしたような、微妙に湿った感触だった。瀬戸物を割る時のような乾いた手応えを予想していたので、すこし意外だった。

「焼いた後だからもっとカラカラなのかと思ってた」

「どうしても水分を吸うみたいですね」

ここのところ雨がちでしたし、とホアンがわたしの疑問に答える。

「本当は天日に晒すといいらしいですけど、もしご近所さんに見られたら困るので、袋の中に除湿剤をたくさん入れて保管してました」

「それもネットに書いてあったの？」

「はい」

気密性の高いマスクの中で、その会話も、自分の笑い声も籠もって聞こえた。わたしたちは浴室のつめたいタイル床に座り込み、餅つきでもするように交互にハンマーを振り上げた。下ろすたび振動が床に響き、太い骨も細い骨も、関節の瘤《こぶ》も、かたちをなくしていく。思ったより重労働で、すぐに腕がだるくなった。額の汗を拭《ぬぐ》ってわたしは尋ねた。

「細かく砕くって、どのくらい？」

「二ミリ以下がルールらしいです」

「二ミリ？　さすがに無理じゃない？」

海やら山に撒いた骨が五ミリだったからといって逮捕されるとは考えにくいけれど、いったい誰がどういう根拠で定めたのだろう。両手を後ろについて天井を仰ぐわたしに、ホアンが「大体でいいんです」と言う。

「ある程度砕いたら、後はわたしがやりますから」

「どうやって？」

すり潰《つぶ》します。返事と同時に金槌が床を叩く。

「クロックヒン、わかりますか？　タイの石臼《いしうす》です」

「スパイスとか調合するのに使うやつ？」

「そうです。あれがいいと思ってネットで注文しました。すりこぎもついてます」

なるほど……と彼女の周到さに、それしか言葉が出てこなかった。理科の実験で使った乳鉢と乳棒を思い出す。骨より白く滑らかなあの道具で、わたしは何をすり潰したんだっけ？　どん、どん、と鈍い響きが繰り返される。隣家まで伝わっていないだろうかと危ぶみつつ、わたしは手を止めない。ホアンも止めない。振りかぶり、振り下ろしながらしゃべった。

「粉にしたからって、好きな場所に撒いていいわけじゃないんでしょう？」

「専門の業者さんを探します」

「パパは、最期、苦しんだ？」

「痛みで眠れないほどの時期もありましたが、最後の数カ月は緩和ケアを中心にしてもらったので、穏やかな日々でした。食欲が出て、酒が飲みたいと言ったり」

「そう」

「わたし、彩葉に会わなくていいのかと一度だけ訊いたことがあります」

「怖いから答えは教えてくれなくていい」

「怖くないです。先生はちょっと笑って『あいつはニガミニガミユガミユガミだから』と言いました」

「なにその呪文は」

「わかりませんか？　室町時代の、日本最古のなぞなぞ本に書いてあるそうです」

「わかるわけないじゃない」

「ヒントはいろは歌です」

わたしは手を止めずに考える。ニガミ、苦味……違う、ニの上、だから「色は匂えど」の「は」、ユガミは同様に「浅き夢見じ」の「き」。

「は、は、き、き……箒木？」

「そうです」

「単なる名字じゃない」

「いいえ。箒木《ほうきぎ》はコキアですが、箒木《ははきぎ》は伝説の木です。遠くからは見えるのに、近づくと見えなくなる。そこにいるのに会えない、遠くから思って眺めるだけ……先生は、そんな意味で言ったんだと思います」

「わざわざ捻《ひね》った言い方しなくてもいいのに」

「照れ屋で、意地っ張りでしたから」

初めて、ホアンがしんみりと故人を偲《しの》ぶ口調になった。

「彩葉とそっくり」

やめてよ、とわたしは言った。こんな間抜けなマスクをしていたら洟《はな》もかめないのに、泣きたくない。

「来てくれてありがとう。ひとりではとても寂しかった」

「やめてってば」

ゴミ袋の上に涙が落ちる。それも砕け散ってしまえとばかりわたしは金槌を振るう。パパ、ごめんね。パパ、さよなら。ひと振りごとに心で唱えた。傍《はた》から見れば異様で猟奇的な光景かもしれない。でもわたしにとってはこれが弔いで、父を送る儀式だった。たぶん、ホアンにとっても。

一時間ほどかけてふたりがかりで骨を砕いてしまうと汗だくになり、ホアンに勧められるまま風呂に入った。さっきまでやかましかった洗い場はもう静まり返っている。フランスの硬水に慣れきった身体には、日本の湯船は片栗粉を混ぜたようにとろりと感じられた。わたしはぬるい湯の中ですこしうとうとしながら父のことを思い出した。父と、ホアンのことを。

父は大学で日本文学を教えていて、パパっ子だったわたしは、ゼミ生との交流にも当たり前の顔で入り込んだ。年上の大学生にかわいがられて調子に乗り、クラスメイトより大人の世界を知っているんだと見当違いの優越感に浸る痛いお子さまで、思い返すとひたすらに恥ずかしくなる。

ホアンに出会ったのは十七歳の時で、彼女は三十二歳だった。ベトナムの大学で日本語を専攻し、現地の日系企業に就職してお金を貯め、日本に留学して父のゼミにやってきた。当時のわたしは、二回も大学に行くなんて奇特な人、と驚いていた。せっかく、社会人になって勉強から解放されたのに。そんなふうに臆面もなく思うほど頭空っぽの女子高生だった。ホアンはほかのゼミ生と年が離れていたものの、愛嬌のある童顔や、ところどころ怪しい日本語でマスコット的に愛され、わたしも屈託のないホアンをすぐ好きになった。

何人かのゼミ生が家に集まり、小規模な飲み会が催された夜のことだった。父は寝室に引っ込み、学生たちも女子は客間で、男子はリビングで雑魚寝《ざこね》をしていた。わたしはしゃべりすぎたせいか喉の渇きで目が覚め、水を求めてキッチンへ行くとホアンがひとりでロックグラスを傾けているところだった。

——まだ飲んでるの？

——何だか眠れなくて。

わたしはミネラルウォーターを注いでホアンの向かいに座った。

——なに飲んでるの？　透明だけど水じゃないよね。

——ネプモイです。ベトナムのウォッカ。

——ひと口ちょうだい。

——駄目です。

——ちょっとだけ。パパには言わないから。

——いけません。

ホアンはいつもにこにこしていて何でも言うことを聞いてくれそうな雰囲気に反し、実にきっぱりした性格で、譲れない問題では一歩も退かないたくましさがあった。そのくらいタフでなければ、異国でひとり暮らしなどできないとわたしも後に思い知る。

――ねえ、ホアンはどうして日本に来ようと思ったの？

――ベトナムの大学で「いろは歌」を教わり、その美しさに魅せられたからです。

慣れた質問なのか、面接の受け答えみたいにスムーズだった。

――「いろは歌」ってそんなに魅力的かなあ。

――一音も重複せずリズムも統一されて成立し、なおかつ深い意味を持っている。すばらしい作品です。

もちろん、わたしも国語の授業で習って知っていたが、うまく考えたなあ、程度の感想で魅せられはしなかった。グラスの中の氷をからから鳴らしながら、ホアンは上機嫌で誦《そらん》じてみせる。

色は匂へど　散りぬるを
我が世誰ぞ　常ならむ
有為の奥山　けふ越えて
浅き夢見じ　酔ひもせず

――最後のくだりが特に好きです。儚《はかな》い夢に溺《おぼ》れず、現世に酔いしれることはない、という意味だ。わたしはホアンをからかった。

――酔ってるくせに。

――酔ってませんよ。

――うそ。

テラコッタ色のホアンの肌は、それでもほんのり上気して見えた。

――箒木先生に「いろは歌」が好きですと言うと、先生は「僕もだよ」と、娘に「いろは」と名付けたと教えてくれました。その時から、彩葉に会えるのを楽しみにしていました。

ふたつの目が、三日月のかたちになる。わたしは月光の下に素っ裸で立っているような気恥ずかしさとふしぎな高揚を覚え、それをごまかすため「ホアンも何か教えて」と話を逸らした。

――何をですか？

――ベトナムの……歌でもことわざでもいいよ、ホアンが好きな言葉。

ホアンは細かな水滴をまとったグラスを片頬に押しつけ、すこし考えてから言った。

――ホンサイホンベー、です。

――どういう意味？

――彩葉が大人になったら教えてあげます。

――えー、何それ。

抗議するわたしの口元に、すっと氷が差し出される。さっきまでグラスに入っていた氷を、ホアンが摘まみ上げていた。

――ちょっとだけ、味見。秘密ですよ。

わたしは何も言えず、濡れた指からしずくがテーブルに落ちるのを見ていた。そのまま半開きの唇の間に指を押し込まれ、逆らわなかった。溶けかけの氷が口内に滑り込み、指先はわたしの前歯からするりと逃れる。ホアンは人差し指を咥《くわ》え、白い歯を見せて笑った。目は、三日月のままだった。彼女の傍にいるとかすかに感じる香りが、お酒のせいか普段よりくっきりと華やかだった。

――ホアン、香水をつけてる？

──いいえ。香水を買えるような余裕はありません。

ならばこれは、ベトナムの香りだろうか。ネプモイの味はわからなかった。一瞬だけ舌と耳がじんと熱くなり、その後は氷のつめたさが沁みた。わたしは呪文のような言葉の意味を知らないまま、大人になる前に家を離れた。

風呂から上がると、テーブルに寿司桶が置いてあった。

「早かったですね」

「この髪型だから、ドライヤーの手間はほぼゼロなの」

男の子でもそうそう見かけないベリーショートは手入れが楽だし、今の恋人は手先が器用で散髪もしてくれる。

「昔は胸の下くらいまであったのに」

「ああ、巻いたり盛ったり、もうめんどくさくて絶対無理。それよりわざわざ、お寿司取ってくれたの？」

「お葬式の後はちょっといいものを食べるんでしょう」

「生魚苦手じゃなかった？」

「今では大好物です。わさびも大好き」

特上はちょっと手が出なくて上にしました、とホアンはいたずらっぽくつけ加えた。もうマスクをつけていない。お昼を食べていなかったし、予定外の運動もこなして空腹だったので、ホアンの気遣いが嬉しかった。

「彩葉はいつもどんなお酒を飲みますか？」

「ビールとワインかな。日本にいる頃は日本酒ばっかりだった」

「醸造酒が好きなんですね」

「またマニアックな日本語を持ち出して」

「わたしは焼酎やウイスキー、蒸留酒が好きなんです」

「ふうん」

そういう分類でお酒について考えたことはなかった。焼酎もウイスキーも嫌いじゃないけど、好んで飲もうとは思わない。酒豪ではないので、一度に飲める量は限られている。

「最近はジンが特に好きです。彩葉はジンは飲みませんか？」

「ドライマティーニはあんまり好きじゃないかな」

「ジンにもいろいろあります」

ホアンは冷蔵庫から背の低い茶色の瓶を取り出した。薬瓶、あるいはオーガニック系のヘアケア製品にありそうなデザインだった。

「これは『ディスティレリ・ド・パリ』のジンです。パリで唯一の蒸留所」

「へえ、知らなかった」

「わたしは炭酸割りが好きです。それでいいですか？」

「お任せします」

ぷつぷつと泡の立ち昇るグラスを控えめに持ち上げ、乾杯はせずに口をつける。さわやかな植物系の香りと、スパイシーな風味。度数はそれなりに高そうだが、すっと飲めて後味もいい。

「おいしい。清々しくて、ちょっとエスニックな感じもする」

「コリアンダーが入ってるんです」

「ああ、言われたらわかる」

「これは『飲める香水』って言われてるそうです」

「そうね、こういう香水があっても全然おかしくない」

「ジンの香りづけに使われるジュニパーベリーは香水の原料にもなってますから、当たり前といえば当たり前ですね」

鼻腔で、口腔で、複雑な香りが次々と開いていく。追いかけようとするとたちまち揮発してしまい、もう一度味わいたくてまた含んでしまう。これは危険なお酒だ、と思った。お寿司をつまみながらふたりでひと瓶空けると（ホアンのペースはわたしよりずっと速かった）、間をおかず次の一本がやってくる。今度は白いラベルに「KOZUE」と書いてあった。

「和歌山のジンです。ジントニックにしましょうか」

瑞々《みずみず》しい緑の香気と、柑橘《かんきつ》の甘酸っぱさが渾然《こんぜん》と立ち昇ってくる。ほう、と息を吐くと、森の中で深呼吸したように爽快だった。高野槇《こうやまき》や温州みかんが使われているのだと、ホアンが教えてくれた。

「日本酒の蔵元みたいに、ご当地ならではのがあるのね」

「クラフトジン、日本では流行ってるんですよ。実はわたしも自家製ジンにチャレンジしたところです」

「え？」

「ネプモイにジュニパーベリーと、庭で採れたコキアの種とかレモンとかミント……好きなものをいろいろ入れました。数日漬け込めば飲めるから、梅酒より簡単ですね」

「へえ、飲んでみたい」

「駄目です。味見していないので、すごく変な味かもしれません」

それでもいいと言ったが「まずこれを飲んでからですね」とかわされてしまった。寿司を平らげると、おつまみが出てきた。本当に至れり尽くせりだ。アボカドとえびに、黒っぽい粒々が絡んでいる。マスタードではなさそう。

「これは何？」

「とんぶりです。和風ドレッシングと和《あ》えました」

「聞いたことあるかも。何かの卵？」

とびっこみたいなものかと思ったら「植物ですよ」と笑われた。

「これもコキアの種です」

「食べられるの？」

「はい。乾燥させてから、茹《ゆ》でて皮を取り除くのを何度か繰り返して……味は特にありません。食感ですね」

箸の先にちょんと載せて食べてみると、確かにぷちぷちして歯応えがよかった。食べものが替われば、また酒も進む。二杯目のジントニックを飲み干すと、わたしは酔いも手伝って「ほんとにいい香り」とうっとりつぶやく。

「ワインや日本酒の香りも好きだけど、こっちは、何ていうか鮮烈さが段違い。嗅覚の細胞が一瞬で覚醒する感じ」

「蒸留することで香りが凝縮されるからですね」

ホアンは言った。

「アルコールの沸点は水より低いので、醸造酒を加熱するとアルコールが先に気化します。それを冷却すると純度も香りも高いお酒が得られます。醸造は酵母の働きで、いわば自然の恵みですけど、蒸留は人の行いですね。人間が蒸留を始めたのは紀元前三〇〇〇年、当時は香料を抽出するためだったそうです。だからお酒と香水は元々切っても切れない関係なんです」

発音や滑舌などいっさい気にならないほど流暢《りゅうちょう》な語り口だった。すごい、とわたしはやや気圧《けお》されぎみの相槌《あいづち》を打つ。

「詳しいのね」

「調べるのが好きなので」

「昔から勉強家だったもんね」

安い留学生専用アパートに住み、バイトで生活費を稼ぎながらの生活は楽しいばかりではなかったはずだが、ホアンは笑顔と明るさを絶やさず、父も彼女のまじめさや優秀さをたびたび褒めちぎっていた。

「蒸留は錬金術師の技術でもありました」

ホアンは続ける。

「蒸留によって液体が純化される過程が、神秘的で尊いものだと考えられていたのだと思います。だから蒸留酒はラテン語で『アクア・ヴィテ』――命の水、と呼ばれました。蒸留すれば海水も飲み水になることを考えれば当然かもしれません」

「それってウイスキーのことじゃなかった？」

「ゲール語に転じて『ウシュク・ベーハー』がウイスキーになりました。フランスではブランデーに、ロシアではウォッカに。すべて元は同じです」

「そんなありがたいものだったのね」

おかわりをもらい、壮大な歴史と一緒に含むと、ジンの香りはいっそう馥郁《ふくいく》と脳にまで染み渡る。

「ねえ、もっと何か話をして」

ほつほつと熱を蓄えてきた頬を片手で押さえてねだった。本当は、わたしから話すべきことがある。でも、まだだ。まだ怖くて言えない。もっとこの熱が身体じゅうに回り、恐れや迷いや理性を鈍らせてくれないと。早くアルコールの魔法にかかりたい。

「どんな？」

「何でもいい」

ホアンは残り少なくなったグラスにジンをとくとく継ぎ足し、ストレートで呷《あお》ると、うすい唇を拭って言った。

「……ホンサイホンベー、とか？」

わたしの頬にかっと火が走る。

「覚えてますか？」

「ええ……でも、何だか現実感がないというか、夢の中の出来事みたいな気がしてた」

翌朝起きたらキッチンはきれいに片付けられていたし、ホアンは何も言わなかった。

「教えてあげられないままだったので、気にかかっていました」

「わたしもよ」

「そんな、大層な言葉じゃないんですが……『酔わずに帰れない』っていう、酒飲みの合言葉みたいなものです」

ホンサイホンベー、と復唱してみる。ホアンが「つ」を言えないように、うまく発音できなかった。

「もったいぶってごめんなさい、がっかりしましたか」

「ううん。いい言葉だなって思う」

そして、お酒も飲めない小娘だったわたしに「酔わずに帰れない」心情など理解できるはずもなかったから、「大人になったら」と退けたホアンは正しかったのだとも。

あなたはいつも正しくて、わたしはいつも間違える。父と決裂し、泥の中を這《は》いずるような恋愛で消耗し、父の死に目にも会えなかった。間違いだらけの人生。ホアンのグラスのジンから顔を覗かせた氷は濡れて光り、母の形見を思い出させる。わたしは三杯目のジントニックを水のようにごくごく飲んだ。命の水。

「一気に飲むとよくないですよ」

「いいの」

軽いめまいがして、自分の頭の重量をどう支えていいのか急にわからなくなる。テーブルにごとりと突っ伏してしまえたらとても楽だろう、でもまだそうするわけにはいかない。ホアンと同じく、わたしにもずっと抱えていた言葉がある。ホアン、と呼びかけた。

「ママの香水瓶を、覚えてる？」

「ええ、もちろん」

予想していたかのように、ホアンは静かに答えた。

大学は、隣県の外国語学部を選んだ。生まれて初めてのひとり暮らしが心細かったのは最初のうちだけで、GWが明ける頃には毎日のように友人を呼び、勉強会と称したおしゃべりやDVD鑑賞に興じてお酒の味を覚えた。バイトと飲み会と旅行に明け暮れて夏休みも年末年始も帰省せず、後期の試験を終えて後は進級を待つばかりという三月末、ようやく実家に顔を出した。

——おかえりなさい、彩葉。

玄関のドアを開けると、白いアオザイを着たホアンに出迎えられ、わたしは戸惑った。ゼミ生たちが遊びに来ているのかと思ったが、ホアンしかいない。

——どうしたの、ホアン。

——ええと……。

ホアンが口ごもると、父が「まず食事にしよう」と割って入った。その時、ホアンの肩にさりげなく手を置くのを見ていやな予感がした。不用意に女子学生に触れる人ではなかった。

テーブルにはすき焼きの鍋と、ホアンが作ってきたという生春巻きや蓮の茎のサラダが並んだ。

——取り合わせがおかしいんじゃない？

わたしがけちをつけても、父はやたらと上機嫌だった。

——いいじゃないか、どれもおいしいよ。

夕食の間、ホアンは甲斐甲斐しく料理を取り分け、「ごはんのお代わりは？」と訊いてくれたりしたが、わたしは仏頂面でほとんど返事もしなかった。遊び呆けて父を顧みなかったくせに、たまの帰省で父娘水入らずの再会とならなかったことに拗《す》ねていた。つくづくわたしは、何と子どもだったのだろう。

さっさと食べ終え部屋に戻ろうとしたら、「待ちなさい」と呼び止められた。

――なに？　疲れたからもうお風呂入って寝たいんだけど。

――大事な話だ。

父がホアンに目配せする。ホアンは緊張した顔つきでもじもじしている。わたしは、まさか、となぜか笑いそうになる。

――ホアンと再婚するつもりだ。

まさかが的中し、わたしの口からは「はっ」とガス欠みたいな笑いが漏れた。

――彼女はまだ院生だから、来年修士課程を終えたら正式に籍を入れようと思う。ホアンのご家族も賛成してくれた。

――いやいやいや。

父が真剣なほど、ホアンのはにかんだ微笑が美しいほど、茶化した言い方になってしまう。

――ないっしょ。何歳差？　パパもう六十でしょ。親子じゃん。

——二十六歳差です。

ホアンがきまじめに答えた。

——確かに、奇妙なカップルに映るかもしれません。いろんなことを言う人もいるでしょう。でも、六十歳と三十四歳が九十歳と六十四歳になる頃には誰も何も言わないと思っています。もちろん、彩葉にわたしを母親として扱え、とは言いません。

その言葉を、父は目を閉じて嚙み締めるように聞いていた。

——当たり前じゃん。無理に決まってるでしょ。

わたしは荒々しく席を立ち、父の制止も聞かず部屋に逃げ込んだ。ベッドにうつ伏せ、枕に顔を押しつけて「気持ち悪い」「信じらんない」と繰り返す。自分の息の熱さえたまらなく不快だった。パパとホアンが？　どうして？　いつから？　わたしがいない間にもうちに来たりしてたの？　だからパパはわたしがいなくても寂しくなくて、一度も「帰ってきなさい」って言わなかったの？

ふたりでわたしを仲間外れにしていたのかと、悔しくてたまらなかった。父かホアンが（あるいは連れ立って）ドアをノックしたら喚《わめ》き散らしてやるつもりだったのに、誰も来ないことで悔しさに拍車がかかる。それどころか、耳を澄ませば食器を洗う音が聞こえてきた。馬鹿にして。馬鹿にして。馬鹿にして。父の口調は、わたしに許可を乞うてはいなかった。わたしがどれほど強硬に反対しようがホアンと再婚するつもりなのだ。わたしはパパのひとり娘なのに、ママの忘れ形見なのに、どうしてこんなふうに軽んじられなければならないのかと奥歯を軋《きし》ませた。

身体の中をゴムまりみたいに跳ね回る憤りが徐々に鎮まると、今度はやるせなさが込み上げてきて涙がにじむ。泣きたくない。ぎゅっと目を瞑ってこらえているうち、幼児みたいに寝入ってしまった。

起きたら真夜中で、キッチンに下りて水を一杯飲んだ。部屋に戻ろうと階段を上がっている途中、隣の部屋からホアンが出てくるのが見えた。

——何やってんの？

残りの数段を駆け上がって立ちはだかると、ホアンはびくっと身を縮める。

——そこ、ママの部屋なんだけど。

——ごめんなさい。昼間、空気を入れ換えるために窓を開けて、そのままにしていたんじゃないかと心配になって。

——何で勝手に入ってんの？　信じらんない！　もう自分ちのつもり？

――彩葉、落ち着いてください。もう夜遅いから……。

――うるさい！

――おい、いったいどうした。

わたしの叫び声に父も階下からやってきた。

――ホアンがママの部屋に無断で入ったの！

――何だ、そんなことか。

必死で訴えても、父は渋い表情でため息をつく。

――パパが換気を頼んだんだよ。久しぶりにお前が帰ってくるからきょうは朝から大掃除をして、ホアンも手伝ってくれたんだ。

――誰もそんなの頼んでない！

――いい加減にしなさい。

父に叱られたわたしは逆上したままホアンを押しのけ、室内に入って明かりをつけると、まず家具や小物の位置が記憶と違っていないか見回した。異状がないのを確かめると今度はドレッサーの抽斗を開く。そこにはシルクのスカーフが無造作に広がっているだけで、母の香水瓶はなかった。顔面が強張《こわば》る。うそ、と他の抽斗を残らず調べても見当たらない。

――ちょっと、ありえない、まじで信じらんない。

――彩葉、何やってるんだ。

鏡に映った自分の目は血走り、髪はぼさぼさでメイクはみっともなく崩れている。こんなわたしの言うことを、パパは真に受けないだろうなとどこか冷静に考えながら、ホアンに詰め寄った。

――ママの香水瓶、どこへやったの。返して。

――知りません。

怯《おび》えきったようすでかぶりを振るホアンが憎たらしくてたまらなかった。か弱いふりしてんじゃねえよ、と内心で吐き捨てる。

――うそ。あんたでしょ。ママが大切にしてた形見なのに、ひどい。

――やめなさい。

父がホアンを背に庇《かば》い、割って入る。わたしはまた傷つき、そして怒りを尖らせた。

――彼女は何も持っていないよ。見ればわかるだろう。

確かに、身体のラインにぴったり沿うアオザイに隠し場所はない。でもそんなの、無実の証明にはならない。

――もっと前に盗ってたんでしょ。

――ママの部屋に入ってもらったのはきょうが初めてだよ。

――じゃあきょうの昼間じゃない？　ていうか初めてなんて信じられないし。一年も邪魔者がいなかったんだから好き放題できたでしょ。

――わたしは、彩葉を邪魔だなんて思っていません。

――そういうのいいから。

ホアンの反論を鼻で笑い、「泥棒」と吐き捨てた。

――どうせ最初っからそのつもりだったくせに。お金目当てバレバレ、引くわ。ベトナムに帰りたくないから、日本で稼ぎのいい男見つけて楽な暮らしがしたかったんでしょ？　すごいね、いくら生活のためとはいえ四半世紀差とか、わたしは絶対無理だけど――。

そこで父に張り飛ばされてわたしは壁にぶつかり、床に崩れ落ちた。ホアンがちいさく悲鳴を上げる。たったの一発だったのに、父は百メートルを全力疾走したように呼吸を乱し、肩を上下させていた。

——この……恥知らずが……。

その時の父の顔を、どうしても思い出せない。記憶を辿ろうとすればするほど、虫食いのような穴に侵食されてしまう。ぐっと握り締められた拳に浮かぶ血管の模様さえ覚えているのに。

——お前の発言は人として受け入れられない。ホアンを侮辱することは、パパを侮辱することだ。出て行け。

わたしは立ち上がり、まだ荷解きしていなかったのを幸い、スーツケースとコートを抱えて家を飛び出した。叩かれた頰より、暴言を吐いた喉がひりひり痛かった。春先のつめたい夜風を吸い込むと気持ちよかった。勘当された、という状況ではあったが、その後も生活費や学費の振込みは滞りなく行われ、わたしは無事に大学を卒業することができた。逆に言えば、仕送りを止められたらすごすご父に頭を下げに行ったに違いない。ホアンみたいに優秀な努力家ではなかったから。

「わたしは、幼稚な独占欲に駆られてあなたに濡《ぬ》れ衣《ぎぬ》を着せ、ひどいことを言った。

そして今まで逃げていた。謝って済む問題じゃないけど、本当にごめんなさい」

深々と頭を下げる。下げる時より上げる時が怖い。タイミングが摑《つか》めないし、相手の顔を見るのにも勇気が要る。合板のテーブルの木目を凝視したまま、わたしはじっとホアンの裁定を待った。

ホアンは、許すとも許さないとも言わなかった。

「先生は、わたしとの結婚に楽観的でした」

上目遣いに恐る恐る窺《うかが》うと、静かな眼差しに射貫かれる。

「彩葉とわたしは仲がよかったし、あなたはもう子どもじゃなかったから、すんなり祝福してもらえると思っていた。冷やかされたら恥ずかしいな、と無邪気に心配していました」

確かにわたしも、家を出る時「彼女ができたら連れ込んでいいからね」と父をからかったりした。まさかそれを額面どおりに受け取ったわけでもないだろうけど。

「ふしぎですね。あれほど物語を読み解くのが得意だったのに、身近な人間の機微にはひどく鈍感でした」

「抜けてるのよ、パパは。何時間も煮込んだカレーを盛りつける段階になって、お米を炊いてなかったのに気づくようなところがあった」

「ああ」

心当たりがあるのか、ホアンはくすっと笑った。わたしたちの間に、束《つか》の間《ま》親密な空気が流れる。

「お母さまの香水瓶はどこに行ったんでしょうね」

「さあ……週一で出入りしてた家政婦さん、たまに顔を出してた叔母さん、もしくはパパが気づいてなかっただけで空き巣に入られてた……可能性はいくつかあるけど、もうわからない」

ずっと心につかえていたものを吐き出せて、わたしはほっとしていた。懺悔《ざんげ》とは加害者のためのものなのだと実感する。ホアンの気持ちとは関係なく、勝手に終わらせた気になっているのだから。話している間はなりをひそめていた酔いが急激に回り始め、肘をついてふらつく頭を支える。金槌を振るった右腕はまだだるいし、とても疲れて、横になりたかった。でも「出て行って」と言われる可能性もあるから、しゃんとしていなければ。

ホアンはグラスに手を伸ばし、半分ほど残ったジンを勢いよく飲み干す。さっきわたしに注意したのに。そして「おいしい」とつぶやき、氷をひとつ流し込んだ。わたしは、ホアンがそれをがりがり噛み砕く音をどこかぼんやりと聞いていた。

「箒木には、もうひとつ意味があるんです」

「え？」

「近寄ると姿が見えない――だから、一見情があるようで実のない人のこと」

「わたしがそうだってこと？」

かたちだけの、自己満足の謝罪に中身はない、そう言いたいのだろうか。反論はできないけれど苦しくて唇を噛む。

「いいえ」

ふたつ目の氷を乱暴に咀嚼《そしゃく》して、ホアンは笑う。パパの骨も、そんなふうに噛み砕いたほうが早かったんじゃないの、と思った。金槌であんな手間をかけなくても。

白くすんだ「おこちゅ」を両手に持ってがりがりと。

「わたしのこと」

つややかに潤んだ唇の両端がにっと持ち上がり、三日月の弧を描く。

「ホアン？」

「香水瓶を盗んだのは、わたしです」

ホアンは立ち上がり、三つ編みをくっていたゴムを外した。手櫛《てぐし》を乱暴に通すとゆるく波打つ白髪交じりの髪が二の腕のあたりまで広がる。

「……何を言っているの？」

「あの日の昼間、ドレッサーの抽斗を漁《あさ》って見つけたんです。とてもきれいな空っぽの瓶。高価で大切なものに違いないと思いました。だから盗んだ」

両目と唇、三つの三日月に見下ろされ、潮が引くように血の気が失せていくのがわかる。

「彩葉に見つかったのも、わざと。ゲストルームからようすを窺い、彩葉が下に行くのを見計らってお母さまの部屋に忍び込み、戻ってくるタイミングで見つかるように出てきた。わたしに腹を立てていたあなたはきっと食いついてきて、わたし、香水瓶がないのに気づくだろうと。まさかあんなにうまく運ぶとは思わなくて、わたし、先生の後ろに隠れて笑いをこらえるのに必死でした」

「うそよ」

わたしは蚊の鳴くような声で反論した。

「だって、そんな——どうして？」

「わからないの？」

わたしを憐《あわ》れむように小首を傾げると、まだ残っていた氷を摘み上げ、わたしの前に立った。長い髪を悠然と揺らす彼女は女王さまみたいな風格を漂わせ、わたしの口元に氷を差し出す。わたしは犬のようにホアンを見上げ、口を開く。細い指がわたしの口内で氷と戯れるように蠢《うごめ》いた。

「先生を独り占めしたかったの。あなたはいつもお姫さま気取りでどこにでもくっついてきて、目障りだった。教授のお嬢さんだからみんなご機嫌を取っていたけど、内心で煙たがっている子も多かった。特に女の子は。知らなかったでしょう？　あなたがしょっちゅう新しい服やバッグを身につけているのを見るたび、『パパ』と甘ったれた声で先生にまとわりつくのを見るたび、わたしはあなたを憎んだ」

わたしの舌や歯はどんどん冷え、氷はちいさくなる。水がひとすじ、喉を滑り落ちていく。

「先生がわたしと彩葉のどちらを信じるのか、わたしの賭け——いいえ、蒸留だった。

「本当」

先生に火をつけて、あなたという不純物を取り除くことに成功した。彼にはわたしだけが残った。仲直りできたとしても、一度生まれたわだかまりは消えない。あなたが激昂してくれたおかげで、とてもうまくいって満足した」

わたしを見下ろしているのは、わたしが知るホアンではなかった。聡明で純朴でチャーミングなホアンは、もうどこにもいない。それとも最初から？　回らない頭で「嵌められた」ということを理解すると、強烈な憎しみを覚え、ホアンの人差し指に嚙みつく。ぐっと力を込めてもホアンは表情を変えず、目を逸らさなかった。もう片方の手に握ったグラスをわたしの頭上でちゅうちょなく逆さまにし、ほとんど残っていなかったジンと氷をざらっと空ける。つめたい液体と固体がわたしの髪や顔を伝い、服の胸元を汚して下着の中にまで入り込んだ。

このままぶつりと皮膚を食い破って血を出させても、骨にかじりついても、この女はきっと揺るがない。ちらとでもそう思ってしまった瞬間に、わたしの負けは決まった。わたしは指を吐き出し、「わからなかったの」とかぶりを振る。

「子どもで、どうしたらいいのか……あなたにパパを取られたくなかった。同じくらい、パパにあなたを取られたくなかった」

キッチンで話したあの夜。ママの香水瓶を、ホアンの香りで満たせたらいいのにと夢想した。たったひとつのあなたの香りを閉じ込め、自分のものにして好きな時にまとえたらどんなに幸せだろう。そんなことを考える自分が怖くて、敢えて遠くの大学を選び、家に寄りつかないようにした。それなのに。

「許せなかったの。パパもホアンも傷つけてめちゃくちゃにしてやりたかったの」

「本当に馬鹿な子」

歯形のついた指がわたしの頬を撫でる。ホアンの目は徐々に開き、ふたつの黒い満月が現れた。

「いとおしい、という言葉を教えてくれたのは先生」

夜行性の獣みたいにらんらんと輝く黒目、こんな光を父も見ただろうか。

「もとは『厭《いと》う』……困ったとか苦痛だとか、心が痛むさまが、かわいくて大切なことを表すようになった。だから日本語の『愛』は哀しみであり、英語のＬＯＶＥとは異なるニュアンスだと。わたしはそれを聞いて、何て繊細な感情なんだろうって感動した。日本語と日本語と、先生をますます好きになった。それから、彩葉を思い出した」

目を凝らしても凝らしても、瞳の奥の感情は読めない。本心なのか、嘘なのか、単なる酔っ払いの戯言《ざれごと》なのか。そして、わたしがどれを望んでいるのかも、判然としなかった。

「あなたは馬鹿で、世間知らずで、生意気で、うざったい……わたしのたったひとりのお姫さまだった。嫌いなのに目が吸い寄せられて離せない。彩葉はわたしのいとおしさそのもの。だから取り除くしかなかったの。先生を好きな気持ちも嘘じゃなかったから。沸点が低いものから気化して冷える――あれはわたしにとっても蒸留だった」

「香水瓶は、どうしたの」

「粉々に砕いた」

ホアンはためらわず答えた。

「先生に見つかったら困るし、わたしにはどうでもいいものだったから。『証拠隠滅』っていう日本語を覚えた」

「最低な女ね」

「ええ」

わたしはホアンに手を引かれ、誘われるままふらふらと二人掛けの狭いソファに沈む。

「服が濡れてしまいましたね」

なぜか敬語に戻ってホアンが言う。

「ええ。脱いで」

「あなたのせいよ」

「あなたも」

「ええ」

わたしの言葉を予想していたみたいに、あっさり応じた。わたしたちはふたりして裸になり、蔓《つる》のように絡み合った。服の上からはわからなかったが、ホアンの素肌は年相応に緩み、半ば空気が抜けた風船みたいに頼りなくやわらかかった。若い娘のぱつんとした弾力よりも病みつきになりそうな危うさがあり、自分の肉体もいつかこんなふうになると思うと、嬉しかった。そしていつかは、父と同じ骨に。

「朝になったら家を空けるから、その間に帰って」

「どうして？」

「馬鹿ね。見送りたくないの、わかるでしょう」

長い髪が、汗ばんだわたしの鎖骨に張りつく。ホアンはそれを払いのけると、胸の谷間に唇をつけささやいた。

——浅き夢見じ、酔いもせず。

わたしはくすぐったくてすこし笑う。

「美しい言葉だけど、今はつまらないと思う。浅い夢に酔ってこその人生なのに」

「変わっちゃったのね」

「あなただって」

「変われなかったこともある」

「わかるわ」

わたしを蒸留したら、何が精製されるのだろう。憧れ、思慕、執着、嫉妬、憎しみ。渾然としたホアンへの感情のうち、どれが抽出されるのだろう。わたしの、命の水。焦がれた女の香りに包まれて、夢の浅瀬に身を浸す。溺れることはできない、でも濡れる前にも戻れない。お互いに。

真夜中、ひとりソファで丸まり、夢うつつに奇妙な音を聞いた。ごり、じゃり、と硬くつめたい音。ああ、ホアンがパパを粉にしている、そう思った。

六時頃目を覚ました時、家の中はすでにしいんとしていた。頭は二日酔いで、右腕は筋肉痛でずきずきする。ゆっくり起き上がると、ダイニングテーブルにぽつんと残された香水瓶が目に入った。母のものだ。中は透明な液体で満たされ、一枚のメモが敷いてあった。

『Không Say Không Về』

ホンサイホンベー。

「嘘つき」

わたしはつぶやき、ほんのすこしにじんだ涙を拭う。

雨は上がっていた。花曇りの空の下、十九歳のあの夜みたいに、スーツケースを転がしてひとり歩く。でも三十五歳のわたしには帰る場所があるから、あの夜みたいに心細くない。恋人に電話をかける。

「おはよう。きょう帰る。スムーズに飛べば夜八時ごろ着陸予定」

『わかった、迎えに行く』

「ありがとう」

彼女はダフネ、沈丁花《じんちょうげ》と同じ名前。大通りでタクシーアプリを開き、配車を待つ間、香水瓶の蓋を開けて中身を飲んだ。ホアンが作ったジンは、ホアンのフレーバーだった。空港に着いたら適当なジンを買い、往路より長いフライトを飲んで過ごそうと思った。パリに着く頃にはすっかり酔っ払い、迎えに来てくれたダフネは呆れるかもしれない。そうしたら、ホンサイホンベーよ、と今度はわたしが恋人に教えてあげる。

酔わずに帰れないの。

きみはアガベ

奥田亜希子

奥田亜希子（おくだ あきこ）

1983年、愛知県生まれ。2013年『左目に映る星』ですばる文学賞を受賞しデビュー。22年『求めよ、さらば』で本屋が選ぶ大人の恋愛小説大賞を受賞。主な著書に『ファミリー・レス』『青春のジョーカー』『クレイジー・フォー・ラビット』『彼方のアイドル』『夏鳥たちのとまり木』など。

凛子《りんこ》は視線もシャーペンの先も問題集から離さないまま、「たっくんに、もう会えないって言われた」と、僕には唐突としか思えないタイミングで呟《つぶや》いた。

「なんで？　なにかあったの？」

僕が聞き返しても、姪の凛子は顔を上げない。姉さんそっくりの、まるで裏返したスプーンのような瞼《まぶた》を伏せ、強張った面持ちで英文を読み続けている。「たっくんって、匠《たくみ》くんだよね」と僕が質問を重ねると、「何年か前に圭《けい》くんも会ったことあるよ」と億劫《おっくう》そうに口を開き、けれども凛子の発言は途中でサイレンの音に掻き消された。僕はリモコンを手に取り、テレビの電源を切った。もとより高校野球に興味はなかった。今日は朝から異様に暑く、思わず天気予報を確かめて、そのまま試合中継が点けっぱなしになっていたのだった。

「ごめん、よく聞こえなかった」

「だーかーらー、たっくんから、凛ちゃんとはもう会えない、メッセージのやり取りもできないって、さっき電話があったの。たっくんの連絡先が残ってるのもアウトで、削除してほしいんだって。自分も消すからって」

それで今日は家に着いたときから元気がなかったのか。密《ひそ》かに納得する僕の前で凜子はため息を吐き、傷だらけの卓袱台《ちゃぶだい》に突っ伏した。顎《あご》まで伸びた黒く艶やかな髪が問題集の上に広がる。凜子が首を捻《ひね》り、片方の頰を天板《てんぱん》に押し当てたのと同時に、彼女の右手からシャーペンが落ちた。

「意味が分かんないよね」

「でもまあ、そういうこともあるよ」

「なんで」

「年ごろの男子と女子だから」

「は？　年ごろって、なんかきもいんだけど。圭くん、おじさんみたい」

凜子が首をもたげ、一瞬だけ僕を睨んでまた天板に頰をつける。温度が下がりすぎたのか、冷房の風がふいに弱まり、途端に庭の蟬《せみ》の声が近くなった。

「でもさ、凜子も匠くんも中学三年生。立派な年ごろだよ。それに実際、僕は君の叔《お》父《じ》さんなわけだし」

姉一家はここから車で十分のマンションに住んでいる。凜子が小さいころには、共働きで忙しい姉さんと義兄《にい》さんに代わり、僕がたびたび凜子を保育園まで迎えに行ったり休日に預かったりしていた。凜子が一人でこの家を訪れるようになったのは、この二、三年のことだろう。地方移住を果たした両親から僕が受け継いだ古い一軒家は、凜子にとっては元祖父母の住まいだ。自分の母親が結婚するまで暮らしていた家でもある。母親の私物が残っていて面白いらしく、塾や友だちと遊ぶ約束がない日には頻繁に顔を出していた。

「……年ごろとか、そういうことじゃないんですけど」

凜子は唸《うな》るように応えた。

「圭くんに言ってなかったっけ？　たっくんね、彼女ができたの。夏休みに入る直前に。相手は同じクラスの女子で、あっちから告白されたんだって」

「へえ」

最近の子は早いね、と言いかけて、慌てて口をつぐんだ。また睨まれては敵《かな》わない。それに、よく考えれば、僕が十四歳だったときにも中学生同士のカップルはいた。たくさんいた。二十六年前の僕に縁がなかっただけだ。凜子はふたたび大きなため息を吐くと、今度こそ上体を起こした。

「その彼女が、自分以外の女子とは二人で遊ぶな、連絡も取るなって、たっくんに言ったんだって。恋人ができたんだから、そういうのはもうおかしいって」

「あー、なるほど」

「でもさ、私とたっくんは幼なじみだよ？　〇歳のときからの友だちなの。なのに、最近たっくんと付き合い始めた人に、どうして私たちの仲をどうこう言われなきゃいけないの？　そっちのほうこそおかしくない？」

「確かにね。でも、匠くん自身も彼女の意見に賛成してるんじゃない？　そうじゃなければ、もう会えないって凛子に連絡してこないよ」

「分かんないよ。たっくんって、人に反対するのがとにかく苦手だから。気が弱いんだもん。あの電話も、彼女の目の前で私にかけさせられたのかもしれない。うん、絶対にそう」

凛子は口を尖《とが》らせ、空《から》になっていた自分のグラスを卓袱台の上で揺すった。僕も愛用している、色とりどりの花びらを埋め込んだような手吹きのメキシカングラスは底が歪《いびつ》だ。平らなところに置いていても、かたかたと微妙に音が鳴る。十三年前に僕がメキシコから持ち帰ったもののひとつだった。

僕も凜子につられて麦茶のグラスを揺らしながら、匠くんの顔を思い返した。いつだったか、姉さんと、匠くんの母親である麻里《まり》さんが二人で芝居を観に行くことになり、子どもたちとの留守番を頼まれたことがある。当時の匠くんは凜子よりも背が低く、色白で、儚《はかな》げな王子のような佇《たたず》まいだった。彼の甘い笑顔を思い浮かべれば、女子から告白されたことや、彼女に女友だちとの関係を断つよう迫られ、言われるがままに受け入れたかもしれないことにも納得できた。

「今週末の花火大会の予定もキャンセルされた。さっちゃんたちのグループに入れてもらえることになったから別にいいけど、なんか納得できないよね」

凜子はさらに激しくグラスを揺すった。姉さんと麻里さんは高校時代からの親友だ。二人は同じ年に出産した偶然を喜び、互いの住まいが電車を乗り換えて四十分ほどの距離にあるにもかかわらず、相当の頻度で会っていたらしい。凜子と匠くんが仲良くなれば、親も子も楽しい時間を過ごせて一石二鳥だと、子どもたちにはタイミングを合わせて同じ本や玩具を与えてきたと聞いている。そのかいあってか、それとも生来の相性のよさか、凜子と匠くんは中学生になってからも一緒に遊んでいた。

「たぶん、すぐに別れるよ。中学生の恋愛って、そんな感じじゃない？」

「それでたっくんはまた別の子に告白されて、付き合って、自分以外の女子とは会うなって言われるの？」

「だったら、凜子が匠くんと付き合っちゃえば？」

「は？」

凜子の目が冷たく光った。

「形だけでも恋人同士になれば、周りからどうこう言われなくなるよ」

「なんでそんなことを言うの？　たっくんは友だちなの。私は友だちと今までどおりに遊びたいだけなのに、どうして形を変えなきゃいけないの？」

凜子が声を荒らげ、上半身を後ろに倒して畳に寝転がる。「まあまあ、ひとつの提案だからさ」と僕は凜子をいなしつつ、彼女が取り組んでいた問題集を自分の手もとに引き寄せた。ページに軽く目を通し、正誤を確かめる。今日は英語の宿題を教える約束だった。不定詞の問題は解けているけれど、凜子は現在完了形に弱い。継続と経験と完了のみっつのうち、過去から続いていたものが現在で終わる、完了の用法に特に苦戦しているらしかった。

「私が男子だったらよかったのかな。もしくは、たっくんが女子か。性別が同じだったら、こんなことにならなかったのかな」

「どうだろうねえ」

卓袱台の陰に隠れて凜子の表情は見えない。ただ、悔しさよりも諦めのにじんだ声だった。僕は問題集を置いて立ち上がり、廊下に足を向けた。昔使っていた参考書を自分の部屋まで取りに行こうと思ったのだ。すると、凜子が畳に寝転んだまま、「なんかお腹空《す》いちゃった」と声を上げた。

「お昼、家で食べてこなかったの？」

「食べたけど、空いたの」

「なにか作る？」

「んー、タコスがいい」

「タコス？　僕はいいけど、夕食に響かない？　もうすぐ四時になるよ」

「平気。ってか、余裕」

　さすがは成長期だ。「じゃあ、タコスができるまでに、問三と四をやり直しておいて」と凜子に告げ、僕は台所に立った。ポップコーン用の乾燥トウモロコシを戸棚から出し、電動のスパイスミルにかける。一度ではきれいな粉末にならないため、ふるいを使い、引っかかったぶんをまたミルに戻す作業を何度か繰り返した。コーンフラワーを買い置きする手もあるけれど、ミルで挽《ひ》くほうがトウモロコシの香りをより感じられて、僕は好きだ。粉状になった乾燥トウモロコシに、同量の強力粉、塩ひとつまみ、サラダ油、水を加え、まとまるまで練る。あとは麺棒を使い、直径十五センチほどの円形に薄く伸ばせば、タコスの皮であるトルティーヤはほぼ完成だった。

フライパンでトルティーヤを焼きながら、炒めて冷凍しておいた挽肉を電子レンジで解凍した。レタスは細切りにする。焼き上がったトルティーヤに具材を載せ、サルサソースとピザ用チーズをかけた。本場メキシコのタコスは無限に思えるほど具材の種類があり、僕も大抵はそのとき冷蔵庫にあるものを適当に組み合わせて作っている。親が大量に送ってくる野菜を使う場合も多い。ソースも昔は自作していたけれど、最近は瓶詰めの市販品を頼っている。ついでにこしらえた自分のぶんにだけ、これまた瓶詰めのハラペーニョを挟んだ。

「できたよー」

両手に皿を持って居間に戻ると、凜子はまだ畳に寝転がっていた。身体を大の字に広げ、なぜか顔にソンブレロを載せている。ソンブレロはつばのやたらに広い麦わら帽子で、あれも僕がメキシコから持ち帰ったもののひとつだ。ほかにも、バンジョーや色鮮やかなバスケットやサボテンの絵が描かれた灰皿——僕はメキシコでは二、三回、葉巻を嗜《たしな》んだものの、煙草は吸わない——などを家のあちこちに飾っていた。

「こーら、問三と四はやり直したの?」

「やったよ」

ソンブレロに阻《はば》まれ、くぐもった声が返ってくる。僕は皿を卓袱台に置き、問題集を見遣った。確かに解答は書き直されていた。しかも、どちらも合っている。「落ち着いてやれば大丈夫そうだね」と声をかけると、凜子はおもむろに起き上がり、無言でタコスを手に取った。一口食べて、気難しいシェフのような顔で頷《うなず》く。圭くんのタコス、大好き、とか、やっぱりこの味だよね、とか、いつもならもっと嬉しそうに頬張るのに、今日はやけに静かだった。

「あのさ」

凜子が半分残ったタコスを皿に戻して僕を見た。

「うん」

「それって当たり前のことなの？」

「それっていうのは？」

「だから、ほかの女子とは遊ぶな、みたいなことを自分の彼氏に言うこと。束縛っていうの？　考えてみたら、うちの学校にも同じようなことで喧嘩してるカップルがいたんだよね。男子と女子が逆の場合もあったけど」

「ものすごーくざっくり言って、自分の恋人の異性との関係には、ある程度は口を挟んでもいいっていう暗黙の了解があるかもしれない。恋人の特権というか。もちろん、まったく気にしない人もいるよ」

「じゃあ、もし私が誰かと付き合って、その子が、男友だちとオンラインゲームをするのは禁止ですって言ったら、私はやめなきゃいけないの？」

「凜子が嫌だって言えばいいんだよ」

「それでも向こうが許さなかったら？」

凜子はいやに早口で言うと、僕が答えを思いつく前に、はっとしたように目を見開いた。

「許すってなに？　今、自分で言って変だと思った。私が友だちと遊ぶことに、どうして彼氏の許可が必要なの？」

「でも凜子だって、彼氏に自分以外の女子とは会ってほしくないって思うかもしれないよ」

「絶っ対に思わない。友だちに会ったりメッセージを送ったりするのって、別に普通のことじゃん。恋愛とは関係ない。好きにすればいいんだよ」

凜子の目つきは徐々に鋭くなり、僕は彼女の架空の恋人を庇《かば》っているような気持ちになる。僕が苦笑いしながらタコスをかじるうちに、凜子は調子を取り戻したようだ。タコスを両手で掴み、大口で食べ始めた。皿に落ちた挽肉やレタスの欠片も摘《つ》まんで口に放り、最後にぺろりと指を舐めた。

「圭くん。私、決めた」

「なにを？」

喉が渇いたのか、凜子は冷蔵庫から麦茶の入った冷水ポットを持ってきた。とくとくと音がして、凜子のメキシカングラスが澄んだ茶色で満ちた。

「私は一生、誰とも付き合わない。私の人間関係にあれこれ言う特権なんて、誰にもあげない」

凛子の視線はまっすぐで熱っぽく、ぎらぎらしていた。いつの日か誓いを撤回したくなるときがくるかもしれないことを、まったく想定していないようだ。束の間、僕は太陽を直視したような眩《まぶ》しさに襲われる。目の奥が痛い。「そっか」とさりげなく顔を逸らして応えると、宣言を軽く扱われたように感じたのか、「本当だよ、嘘じゃないからね」と凛子は言い募った。

その後、凛子は英語の問題集を終わらせて、午後五時には帰り支度を始めた。僕もサンダルを突っかけて外に出る。凛子はまだ気温が下がらないことを嘆きながら、玄関の前に停めていた自転車を解錠した。二人で前後になり、敷石の隙間に雑草の茂ったアプローチを進んでいく。この土地は幹線道路に面していて、家へと続く約十五メートルの小道の脇には、かつては父さんと母さんが営む家庭菜園があった。昔からそういうことの大好きな両親だった。

歩道の手前まで来たとき、凛子が「あっ」と声を上げた。

「どうした？　忘れもの？」

「理科の宿題のことを思い出した。なにか生きものをスケッチして……植物でも虫でもなんでもいいんだけど、その描いたもののことを調べなきゃいけないんだった。ねえ、今度これをスケッチに来てもいい？」

凜子が指を向けた先には、葉の広がりが直径百五十センチ超のアオノリュウゼツランが植わっていた。乾燥して硬そうな、馬鹿でかいアロエ然とした見た目で、葉の縁には棘《とげ》が生えている。メキシコから帰国後、僕は輸入食品の卸会社で二年半ほど働いたのち、スペイン語の翻訳者として独立した。その際に退職祝いとして同僚から贈られたのが、このアオノリュウゼツランの苗だった。

「もちろん」

「よかった。じゃあ、またね」

凜子が自転車のサドルに跨《また》がり、うちの敷地を出る。この家には門が、正確には門扉《もんぴ》がない。家庭菜園に使う機具を出し入れするのに邪魔だからという理由で、両親が随分前に取っ払ってしまったのだ。こうなると、アオノリュウゼツランは通行人から丸見えで、日本で目にするのは珍しいのか、誰かがスマホで写真を撮っている光景は、僕にとって日常的なものだった。

凜子の乗った自転車が滑り出す。華奢《きゃしゃ》な背中が遠ざかる。僕は彼女が最初の信号を無事に渡ったのを確認してから家に戻った。

「なにそれーっ。あー、可愛い。たまらないね」

僕が凜子の誓いについて話すと、朝香《あさか》さんは首を反らして身悶《みもだ》えた。その瞬間、花火が打ち上がり、空がにわかに色を帯びる。ここから見える大きさはプチトマトほどで、形もビルや街路樹に隠されてどこかしらが欠けるけれど、花火大会の日、我が家の二階からは花火を鑑賞することができた。

「友だちと恋愛は関係ないんだってさ」

「つまり、凜子ちゃんは男女の友情は成立する派なんだ」

「あれはもう、成立しないわけがない派だね」

「過激だねえ。若さだねえ」

朝香さんは宙を見上げて目を細め、ワカモレを載せたトルティーヤチップスを口に運んだ。僕は今夜のために牛肉とシーフードの二種のタコスと、ワカモレと呼ばれる、アボカドにトマトや唐辛子を混ぜたペーストを用意していた。朝香さんは僕より七つ年上だけれど、よく食べてよく飲む。僕もタコスを皿に取った。ベランダに続く掃き出し窓は全開で、蚊取り線香の匂いの混じった風が気持ちいい。メキシコ料理には外の空気が合うと、僕は常々感じていた。

「友だちと恋人の境目なんて、案外曖昧《あいまい》なのにね。お酒の飲み方次第で一気に崩れることもある」

朝香さんが僕を見つめて微笑む。僕はメキシカングラスを軽く掲げて応えた。今日の僕のグラスには麦茶ではなく、メキシコーラが入っている。テキーラをコーラで割ったカクテルだ。朝香さんは世界的に有名なメキシコビールの瓶を、すでに二本空けていた。

「凜子がその話を知ったら、一生、お酒なんか飲まないって言うだろうな」

「圭一郎《けいいちろう》叔父さんとしては、姪っ子ちゃんとお酒が飲めないのは寂しい？」

「そんなことはない。お酒は飲みたい人が飲めばいいんだよ」

「そう？　私は息子と初めて飲んだとき、結構感動したけどな」

朝香さんは大学生の子どもを持つシングルマザーだ。僕が彼女と付き合い始めたのは、四ヶ月前に友人が開いた花見がきっかけだった。朝香さんとはイベント好きのその友人を通じて知り合い、それまでにも何度か顔を合わせていて、一度はハイキングにも——二人っきりではなく五人グループで——出かけていた。疑う余地なく友だちだった。ところがあの花見の日、たまたまさしで飲み直すことになり、大衆居酒屋で二時間を過ごしたあと、僕たちは気づくとラブホテルに向かっていた。互いにそうすることしか考えられなかった。

凛子と朝香さんを会わせることはしていない。凛子にはまだ朝香さんの存在も打ち明けていなかった。なにせ凛子は年ごろで、やや潔癖な一面がある。生々しい想像をさせては忍びない。嫌悪感から僕やこの家を遠ざけるようになる可能性もあるだろう。それはさすがに避けたかった。

「そういえば、圭一郎はそういうことを言わないからいいよね」

「そういうこと？」

「私が若い男の子と抱き合って踊ってても、なにも思わないでしょう？」

「ああ。それが社交ダンスなんだから、思うほうがおかしいよ」

「言っておくけど、圭一郎みたいに考えられる人ばっかりじゃないからね。私の前の夫だってそう。妻が夫以外の男性の身体に触れるなんていかがわしい、欲求不満みたいだからやめろって、まあうるさかったよ。うちに入ってくれた生徒さんでも、夫や妻に反対されてやめちゃう人は珍しくないし。なにせ連れ合いが教室まで乗り込んで来ることもあるくらいだからね」

朝香さんは社交ダンススタジオで講師を務めている。趣味が高じて仕事になったそうだ。得意種目はルンバで、先日、僕は初めて彼女が出場する競技会を見に行った。朝香さんは顔に力強いメイクを施し、背中の大きく開いた深紅のドレスを着て踊っていた。彼女がダンスのパートナーに向ける視線は観客席からでも分かるほど熱く、くねくねと動く四肢は妖艶だった。それでいて、からっとした朝香さんらしい明るさにも包まれていた。

「あとは、やめろとまでは言われなくても、連れ合いに応援されてない生徒さんは少なくないかな。その方のダンスパートナーが家族総出で競技会の観戦に来るようなおうちだと、本当に気の毒で……」

「自分の好きなことを一番身近な人に理解してもらえないんだから、そりゃあ悲しいよね」

僕はメキシコーラを飲み、甘い息を吐いた。趣味と恋愛は関係ない。凜子ならそんなふうに主張するだろうか。想像して、グラスの中の氷をからからと鳴らす。朝香さんはビール瓶をまた一本空にした。

「圭一郎は昔からそんなに達観してたの？」

「達観？」

「それとも、お坊ちゃん育ちの人は嫉妬しないのかな」

「僕はお坊ちゃんじゃないし、若いころは全然違ったよ。普通に嫉妬してた。彼女が自分以外の男と楽しそうに喋ってたら、腹も立ったし」

「あ、その人、圭一郎より年上だったでしょう？」

ぎょっとして朝香さんを見つめた。競技会のときよりは薄くても、朝香さんの顔には今日もしっかり化粧が施されている。瞼の縁に描かれた黒い線は、目尻を越えて撥《は》ねていた。

「しかも、圭一郎がふられたんじゃない？　結構こっぴどく」

「……なんでそう思うの？」

「なんとなく。ってことは、当たったんだ」

朝香さんが僕の鼻の頭を押した。さっきまでビール瓶を握っていた彼女の指は冷たい。思わず声を上げそうになる。朝香さんのいたずらっぽい目が僕の視線を捉えたように感じた。

「私、圭一郎が嫉妬してたことに嫉妬しちゃうな」

「妬《や》かれたら妬かれたで、面倒くさいって思うんでしょう?」

「なに言ってるの。その面倒くささが恋愛の醍醐味じゃない」

大会の終盤に差しかかったのか、花火が連続で打ち上がる。遠くに聞こえる破裂音。かすかな明滅を繰り返す、部屋の壁。トウモロコシやスパイスやコーラの匂いが、風に柔らかく攪拌《かくはん》されている。

僕は朝香さんの手を引き寄せ、舌をねじ込むようにキスをした。

とにかく神経質な子どもだった。物心ついたときには、大抵のものが汚らしく思えた。保育園の砂まみれの下駄箱も、毛羽《けば》だったぬいぐるみも、床のシール跡も、ぴしっと整列できないクラスメイトも、視界に入ると気持ちが乱れるようで、近づきたくなかった。給食の時間に隣に座っていた子が嘔吐《おうと》し、飛沫が腕にかかったときには自分まで吐いた。吐いたあとで大泣きした。僕はそういう子どもだった。

父さんも母さんも姉さんも大雑把《おおざつぱ》で、家族のことは好きだったけれど、自分とは絶対に分かり合えないことは幼いうちから理解していた。顔に土をつけてニンジンを収穫する両親や、採れたてのキュウリを洗わずに丸かじりする姉さんは、自分とは違う生きもののように思えた。なにせ畑の前は道路で、車が排気ガスを垂れ流して走っている。保育園時代のいっときは、食卓に家庭菜園の野菜を見つけると、排気ガスの臭いが鼻の中によみがえるような気がして、僕は箸をつけることもできなかった。そして、父さんたちが僕の残飯をせっせと口に運ぶ姿に、自分は一人ぼっちなのだと改めて感じていた。

小学校に入ってからは、必要に迫られないかぎり、自分の席を立たなかった。なるべく人と関わりたくなかった。鬼ごっこやドッジボールに参加しない代わりに、休み時間には本を読んだ。図書室や図書館の本に関してはなぜか汚れが気にならなくて、それでもよりきれいな状態の本を求めるうちに、海外文学の棚に行き着いた。そこから英語に興味を持ち、中学校に入ってからは、洋画や洋楽にも夢中になった。その結果、大学は英文科を選んだ。

十八歳の夏、大学の近所にあった古本屋でバイトを始めたのは、ここなら自分でも働けるかもしれないと思ったからだった。当時の僕は絶望的なまでにコミュニケーションが不得手で、けれどもこの店で愛想のいい店員に会ったことは一度もなかった。

両親がくれる月の小遣いでは昼食代しか賄《まかな》えなくて、ほしい本やCDを買うためには、なんとしてもほかに収入源が必要だった。

「あ、あの、これに応募し、したいんですけど」

僕が店の壁に貼られていた求人募集の紙を指すと、カウンターの内側で本を読んでいた眼鏡の男は億劫そうに顔を上げた。その表情のまま背後の引き戸を開け、「足立《あだち》さん、バイト希望の子です」と叫ぶ。間もなく返ってきた「はーい」という声は、予想していたよりも高かった。いかにも不機嫌そうな調子に、僕は姉さんが中学生だったときのことを思い出した。母さんと喧嘩した直後、「ごはんだよ」と呼ばれた姉さんも、あんな声音《こわね》で応えていた。

「あー、どうしようかな。今日はオーナーがいないんだよね。とりあえず履歴書を預かって、また連絡する感じでいい？」

サンダルの底を引きずるようにバックヤードから現れた彼女は、首や腕が手折《たお》れそうなほどに細く、そして臭かった。飲み屋街を凝縮したような臭いがした。僕は反射的に呼吸を浅くして、この人は何者だろうと考えた。バイトのリーダーか、それとも雇われ店長か。髪は耳が見えるほどに短く、顔色が悪い。年齢は、二十代の前半にも三十歳を超えているようにも見えた。小さな鼻の左側で、銀色のピアスが一等星のように光っていた。

「ほら、履歴書」

彼女に手を差し出され、僕は我に返った。

「あの……忘れました」

バイトの面接に履歴書が必要なことは、もちろん知っていた。手書きの貼り紙にも記されていた。けれども、店員に話しかける勇気を振り絞るのに精いっぱいで、いつの間にか履歴書のことは意識から抜け落ちていた。

「えっ、バイト希望で来たんだよね？」

彼女が目を丸くして僕を見た。ふてくされているみたいだった表情が、一転してあどけないものに変わった。「すみません」と僕はただ謝った。

これが僕と足立加成子《かなこ》さんとの出会いだった。

花火大会から二日後、凜子がアオノリュウゼツランのスケッチにやって来た。家に着くなり、僕のソンブレロとアウトドア用の折り畳みスツールを摑み、庭へ駆けていく。ソンブレロを被って写生するつもりのようだ。一方の僕は、自室で翻訳の仕事を進めた。近日中にひとつ締切が控えていた。

凜子が「終わったー」と戻ってきたのは、一時間後のことだった。僕も一息吐くことを決め、二人でアイスを食べる。凜子は昔からアイスが好きで、僕は家に常備するよう心がけていた。小さいころとは違い、口の周りをべたべたにすることなく食べ終えると、凜子は「生き返ったー」と伸びをした。

「そういえば、匠くんから連絡はないの？」

「ないよ。もう一生来ないんじゃない？」

「それはないでしょう。あ、麻里さんも来られるタイミングだったら、また一緒に遊べるんじゃないの？　二人だけで会うのがまずいんだよね？」

「もういいの。いろいろ考えてたら、なんか面倒くさくなっちゃった。たっくんのことは忘れるから、圭くんもそのつもりでいてね」

凜子の口調は投げやりだったけれど、唇の端が痙攣していた。ごまかしたいことがあるときの彼女の癖だ。根が正直だから、迷いや後ろめたさがすぐに顔に出てしまう。

匠くんが簡単に諦められない存在だからこそ、今は自ら手放したふりをしなければ、心の平安を保てないのかもしれない。

「分かった」

僕が頷いたとき、玄関のチャイムが鳴った。

「宅配便？」

凛子の問いに首を傾げながら廊下に出た。「はーい」と声を張り上げると、「隣の地区の中学校に通っています、宮沢《みやざわ》といいます」と返ってきた。ということは、凛子と同じ学校の子だ。僕は忍び足で居間に引き返した。僕の姿を認めた凛子が、「同じクラスの男子なんだけど」と小さく叫ぶ。「一緒に出る？」と僕が玄関を指差すと、凛子は両腕で大きなバツ印を作った。

「はーい、どうしたの？」

僕がドアを開けた途端、「突然すみません」と宮沢くんはキャップを取って一礼した。背が高く、素朴な顔立ちで、日によく焼けている。ただし、身体の線は細くて、運動に積極的に取り組んでいるような雰囲気はなかった。

「夏休みに学校から生きものをスケッチする宿題が出されまして、それで、あそこにある、巨大な植物を描かせていただきたいのですが」

「ああ、もちろんどうぞ。だったら、これを使うといいよ」

僕は三和土《たたき》にあった折り畳みスツールを手渡した。さっきまで凜子が使っていたものだ。「ありがとうございます」と宮沢くんがまたしても頭を下げる。言葉遣いといい仕草といい、随分と礼儀正しい中学生だ。我が家のアオノリュウゼツランに関心を抱いた人が、写真を撮ったり絵に描いたりする前にわざわざ僕に許可を取ろうとすることは、滅多になかった。

「あー、びっくりした……」

僕が居間に戻ると、凜子はカーテンに隠れて庭の様子を窺っていた。

「凜子は宮沢くんとはあまり仲が良くないの？　いい子そうだったけど」

「は？　大人って、こういうときに子ども同士が喋らないと、すぐに不仲だって決めつけるよね。あのね、今年初めて同じクラスになって、まだ接点がないだけだから」

「それは失礼しました」

僕も窓から庭を覗いた。木々の向こうにキャップを被ったシルエットが見える。背筋がぴんと伸びていて、彼自身もまっすぐに成長した一本の木のようだ。何層にも重なる蟬《せみ》の声が、木漏れ日のちらつく宮沢くんの身体を包んでいる。凜子も彼の様子が気になるのか、首を伸ばしたり引っ込めたりして、一向に視線を外そうとしない。僕は凜子を居間に残して仕事を再開した。

宮沢くんのスケッチは、それから二時間近くに及んだ。汗だくの顔でスツールの返却に現れた彼に、僕はつい麦茶を勧めた。そのまま帰すのが躊躇《ためら》われるほど、彼のTシャツの色は変わっていた。ちょうど水筒が空になったところだったらしく、「助かります」と宮沢くんは笑顔になった。

「お待たせ。おかわり自由だからね」

僕が麦茶の冷水ポットとメキシカングラスを摑んで戻ると、宮沢くんは靴箱の上の髑髏《どくろ》を眺めていた。手のひらに収まるくらいの大きさで、赤、青、紫、緑、黄色の五つが横一列に並んでいる。これも僕がメキシコで買ったものだ。「カラフルですね」と宮沢くんが感心したように頷いた。

「髑髏なのに陽気だよね。夜中に見ても、これだと全然怖くないんだよ」

メキシコには死者の日という、日本のお盆に似た風習がある。ただし、故人や先祖に思いを馳せる点は同じでも、こちらは明るく楽しい祝祭だ。祭壇はオレンジ色のマリーゴールドで飾られ、街によっては仮装パレードが催される。その死者の日を象徴するもののひとつが骸骨で、花模様などにペイントされた髑髏はメキシコ土産の定番として、いろんなところで売られていた。

「まあ、座って飲みなよ」

僕に促され、宮沢くんは靴を履いたまま上がり框《かまち》に腰かけた。その次の瞬間だった。居間のほうで襖《ふすま》が音を立てたような気がした。はっとした僕が振り返るより早く、「あれ？」と宮沢くんのすっとんきょうな声が上がった。

「あそこから誰かに見られていたような気がするんですが……」

僕は手の甲を口に当て、笑いを堪《こら》えた。

「実は今、親戚の子どもが遊びに来てるんだ」

「そうだったんですか。すみません、僕、大変なときに来てしまいましたね。お子さん、まだ小さいですよね」

「どうしてそう思ったの？」

「違いました？　顔の位置が低かったので、五、六歳くらいかな、と思ったんですけど……」

襖の隙間から腰を屈《かが》めてこちらを窺っている凜子を思い浮かべて、僕は今度こそ噴き出した。宮沢くんの不思議そうな眼差しが、僕のおかしい気分に拍車をかける。

「そんなに小さくはないんだけど」と返したところで、いよいよ我慢が利かなくなり、僕は大笑いした。

「……そんなに笑わなくてもよくない？」

襖の開く音がして、とうとう凛子が廊下に出てきた。「大越《おおこし》さん？」と宮沢くんが目を瞠《みは》る。凛子は僕の隣に腰を下ろし、

「この人、私の叔父さん。私もアオノリュウゼツランのスケッチに来てたの」

と言った。

「あれ、アオノリュウゼツランっていうんだ。ありがとう、これで調べられるよ」

宮沢くんが微笑んだ。宿題のために訪れた家に偶然クラスメイトがいた驚きは、一瞬で収束したようだ。もっと派手なリアクションがあることを期待していたのだろう、凛子が拍子抜けしたように目をしばたたく。僕は宮沢くんに、我が家のアオノリュウゼツランに興味を持った経緯を尋ねた。彼は麦茶を飲み干し、「かかりつけの歯医者がこの近所にありまして、通りかかるたびに気になっていたんです」とはきはきした物言いで答えた。

「まあ、日本ではあまり見かけないよね。アオノリュウゼツランは、メキシコでよく栽培されてるリュウゼツランの一種だよ。今、うちにあるのは、大きめの苗から育てて十年が経ったものだけど、あれでもまだ若くて、花が咲くまでにはもっと時間がかかる。五十年くらいかかるんじゃないかな」

「五十年って、半世紀じゃないですか」

「成長の遅い植物だからね」

僕がこれまでにも散々アオノリュウゼツランの話をしてきたからか、凜子の反応は薄い。それとは対照的な宮沢くんが嬉しくて、つい声が弾んだ。メキシコに暮らしていたころ、一度だけ、アオノリュウゼツランの畑を見に行ったことがある。そこは火山の麓《ふもと》にある村で、地面には赤っぽい土が広がり、ごつごつした溶岩がそこら中に転がっていた。見渡すかぎりの大地にアオノリュウゼツランが整然と植わっているさまは、まさに壮観だった。

「ちなみにアオノリュウゼツランは、テキーラの原料でもあるよ。メキシコ特産のお酒だね。加熱した球茎、つまり、葉っぱの根もとから取り出した汁を、発酵、蒸留させて作るんだ。テキーラのラベルにアガベっていう単語が書かれてることがあるんだけど、それがリュウゼツランを表してる」

「アガペって、確かキリスト教の言葉ですよね？」

「それはアガペーだね。精神的な愛だ。宮沢くん、よく知ってるね」

僕の言葉に、宮沢くんは照れくさそうに眉毛を掻いた。

「親が持ってる漫画で知ったんです」

「ああ、あのキリストとブッダが同居生活をする──」

「はい。でも、アガペーでしたか」

「宮沢くんって、漫画読むんだ。ちょっと意外かも」

凜子は膝を抱えて足を浮かせ、お尻を支点に身体を揺らしながら口を挟んだ。「親が好きだから、むしろ読んでるほうだと思うよ」と宮沢くんが応える。そこから二人は、今、読んでいる漫画の好きな場面や納得できない展開について言葉を交わした。

凜子と宮沢くんの趣味には重なるところが多いようだ。会話に盛り上がりの気配を感じて、「よかったら上がってく？」と僕は居間を指差した。すると、宮沢くんはすばやく腰を浮かせた。

「すみません、つい長居してしまいました」

三和土にすっくと立ち、深々とお辞儀する。僕と凜子も彼につられて頭を下げた。

ドアノブに手をかけたところで、宮沢くんは勢いよく振り返った。

「そうだ、忘れるところでした。手ぶらでお邪魔するのもどうかと思って、持ってきたものがあるんです」

言うなり宮沢くんはリュックを身体の前面に回し、ファスナーを開けた。さすがに中学生から謝礼は受け取れないと思いながらも、僕は制止することを躊躇う。リュックの中を探る宮沢くんの面持ちは、真剣そのものだった。どうしようかと隣を窺うと、凜子も戸惑った顔で僕を見ていた。

「あ、よかった。ちょうどふたつ持ってきたんでした」

数秒後、宮沢くんがリュックから取り出したのは、缶に入った小さな水ようかんだった。

「あ、ありがとう……」

「こちらこそありがとうございました。お邪魔しました」

とびきり爽やかな笑顔を浮かべて、宮沢くんは帰って行った。アプローチを進む足音が徐々に遠ざかり、やがては完全に聞こえなくなる。それでも僕と凜子は上がり框から動けなかった。その土地には生息していないはずの生きものを目にしたようなふわわした感覚に、全身が包まれていた。

「なんか、思ってたのと違ったな」

凜子が呟いた。

「宮沢くんのこと？」

「頭がいいのは知ってたから、完璧な優等生を勝手に想像してた」

凜子が僕の手から水ようかんをもぎとり、光にかざすような手つきでパッケージを眺める。それから唐突に「っていうか渋すぎっ」と叫ぶと、奥歯が見えるほど大きく口を開けて笑った。

加成子さんは、バイトのリーダーでも雇われ店長でもなかった。二十代前半でも三十歳すぎでもなく、僕が出会ったときには二十六で、オーナーとは遠縁の関係にあった。高校までは山陰地方の実家で暮らし、東京の大学に進むにあたって親から出された条件が、オーナーの仕事を手伝うことだったそうだ。大学卒業後は地元で就職する約束だったけれど、「そっちは破った。もともと守るつもりもなかった」と加成子さんは笑いながら話していた。

加成子さんは人を寄せつけない雰囲気とは裏腹に、話し好きだった。個人経営の小さな古本屋だったから、バイトは僕を含めた二人だけで、そのどちらかと加成子さんの組み合わせで日々のシフトは回っていた。オーナーはほかに仕事を持っていて、店には買い取り査定の予定が入ったときにしか顔を出さなかった。流行の本や漫画も置いている、比較的親しみやすい古本屋だったのに、客がいない状況は珍しくなくて、加成子さんは自分の手が空くと、バックヤードからカウンターにふらりと現れた。

「ねえ、けー」

加成子さんが平坦な発音で僕を呼べば、それが雑談の始まりだった。彼女は煙草こそ店の外でしか吸わなかったけれど、パソコンで仕事をしながらビールを飲むことはあって、そういう日の息は臭かった。血色の悪い唇から覗く黄ばんだ歯に、痰《たん》が絡んだ耳障りな咳と、しゃがれ声。どれも受けつけなくて、働き始めてしばらくは、本当に加成子さんのことが苦手だった。けれども、僕にはその感情を表に出す勇気がなく、となると、加成子さんは遠慮しようもなかったのだろう。週に三、四回、閉鎖的な故郷や保守的な家族や凡庸な友だちの大仰な悪口――「爆《は》ぜろ」が加成子さんの口癖だった――を聞くうちに、少しずつ、というより否応なしに、僕は彼女に慣れていった。

加成子さんが僕に話しかける理由の九割は、おそらく暇つぶしだっただろうけれど、彼女は洋楽ロックの熱狂的なファンで、僕がそれなりに洋楽を聴いてきたこと、大学で英文学を専攻したことには好感を抱いている様子だった。もう一人の眼鏡をかけた先輩は、日本近代文学のゼミに属していて、加成子さんは彼を「救いようのない愚か者」と許していた。

僕たちは自然とCDを貸し借りするようになり、そのために携帯電話で連絡を取り合うようになり、バイトを始めて一年が経つころには、加成子さんから〈さみしい〉とメールが届くようになった。面倒くさい感覚はゼロではなかったけれど、当時の彼女は、もはや僕が唯一緊張せずに接することのできる家族以外の相手であり、また、僕に本心を見せ、僕を頼ってくれるただ一人の異性だった。こうなると、放っておくことなどとてもできない。そして、その情けが愛おしさに化けた。思うに、好きよりも愛おしいのほうが厄介な感情だ。熱を持ち、粘り気があって、すべてをぐずぐずに溶かして許してしまう。

加成子さんの誘いに応える形で、僕たちは何度もセックスをした。拒めなかったし、拒みたくなかった。彼女の歯も痰も声も、いっそ蠱惑《こわく》的に感じられた。けれども、行為が済むと僕は後悔に襲われた。加成子さんが僕以外の男ともこういうことをしているのは分かっていた。自分がみじめに思えた。

ある朝、加成子さんの部屋で目覚めた僕は、なかば衝動的に彼女を揺り起こし、「やっぱりちゃんとしたい」と切り出した。あの瞬間、僕は神の啓示を授かったような、今なら言えるという根拠のない自信に駆られていた。

「なんのこと？」

「僕たちのこと。僕は、加成子さんの恋人になりたい」

「けーは真面目だね」

加成子さんは半開きの目をぐにぐにと擦《こす》りながら笑った。幼子をあしらうような態度だった。むっとした僕が、「だめならもうここには来ない」と心にもないことを言うと、「じゃあ、ならせてあげてもいいよ」と加成子さんは応えた。僕が思わず聞き返し、「本当に？」と確認したほどに、あっさりした同意だった。

僕と加成子さんの交際は、こんなふうに始まった。

これで加成子さんに小言を言える権利を少しは手に入れたかと思いきや、お酒はほどほどにしてほしい、寝煙草はやめてほしい、男友だちと二人っきりでは会わないでほしい、と僕がいくら頼んでも、「女に指図する男って最低」と加成子さんは聞き入れてくれなかった。それでも繁華街でデートして、海沿いの観覧車に乗り、クリスマスにはケーキを食べて、カップルらしいこともたくさんした。「けーといると世界がましに思える」と言われたこともあった。塩気に甘さを引き立てられ、僕はますます彼女にのめり込んでいった。

でも、僕たちの関係は一年も保《も》たなかった。

「けーにはもっといい人がいるよ」

ある日、僕は突然ふられた。

アオノリュウゼツランをスケッチした翌日、宮沢くんはふたたび我が家を訪れた。てっきりアオノリュウゼツランの生態について訊きたいことがあるのかと思いきや、玄関で一礼した宮沢くんは僕に用件を問われるより早く、「これを」と持っていた紙袋を掲げた。

「大越さんに渡しておいてもらえませんか？　このあいだ、大越さんが読んでみたいと言っていた漫画です」

「凜子に？　貸してくれるってこと？」

「はい」

宮沢くんが頷いた拍子に彼の顎から汗がしたたる。今日もTシャツは汗でまだらだ。ここに着くまでのあいだに、相当夏の洗礼を受けたらしかった。

「すみません、大越さんの自宅を知らないので、こちらに持ってきてしまいました」

「それは構わないけど、せっかくだから本人に直接渡すといいよ」

「えっ」

驚く宮沢くんを横目に、僕は「凜子ーっ」と二階に向かって声を張り上げた。「マンションにいても暇」と凜子は今日も家に来ていて、今は姉さんの元の部屋でまだ使えそうな古着を物色しているはずだった。しばらくののち、「なーにー」と呑気な返事と共に凜子が階段を下りてきた。

「あ、宮沢くんだ。どうしたの？」

「あの、これを大越さんに貸そうと思って」

宮沢くんが差し出した紙袋の中を見て、凜子は小さく歓声を上げた。

「いいの？ ありがとう」

「学校が始まってから、僕のロッカーに入れる感じで返してくれればいいから。一、二冊ずつなら、先生にばれないと思う」

「ううん、読み終わったら連絡するよ。宮沢くんは、スマホは持ってる？ 持ってたら連絡先を交換しようよ」

「ああ、そうか。なるほど」

二人は同時に自分のポケットからスマホを取り出し、操作を始めた。凜子のスマホケースは、去年の誕生日に僕がプレゼントしたソフトクリーム柄のカラフルなもので、一方の宮沢くんのスマホは丸裸だった。シルバーの背面は鏡のようにぴかぴかだ。なんでも最近、親から買い与えられたばかりだという。宮沢くんが画面をタップする手つきはぎこちなく、メッセンジャーアプリに凜子のアカウントを登録するまでには少し時間がかかった。

「クラスのグループトークに招待しようか？」

凜子がスマホをタップして尋ねた。

「それはいいよ。僕が入ったら迷惑だろうし」

「なんで?」

「僕、空気が読めないから。どうしても集団で浮いちゃうんだよね」

突然の告白に、僕は内心動揺した。気の利いたコメントを求められているのかもしれないとも思った。けれども、当の宮沢くんは落ち着いていた。

「あ、それで思い出した。僕、大越さんに確認したいことがあったんだ」

「なに?」

「僕もアオノリュウゼツランを描いちゃったけど、大丈夫だったかな」

「どういうこと?」

凛子は一瞬、助けを求めるように僕を見た。でも、僕にも宮沢くんの発言の意図は分からない。二人で宮沢くんの言葉の続きを待った。

「ほら、万が一、宿題が教室に貼り出されたりしたら、周りからなにか言われるかもしれないと思って。アオノリュウゼツランは珍しいから」

「なにかっていうのは、どっちかがどっちかの絵を写したんじゃないか、みたいなこと?」

「違う違う。僕たちが付き合ってるんじゃないか、みたいなこと」

「は？」

凜子の眼光が一気に鋭くなる。これはタイミングが悪かった。僕は宮沢くんに同情した。匠くんの一件で、凜子は今、色恋沙汰が起こす面倒ごとに敏感になっている。叔父の僕でも身が竦《すく》むような険しい表情に、さすがの宮沢くんも焦った様子で首を横に振った。

「去年のクラスでそういうことがあったんだ。自由研究の内容がまったく同じ二人がいて、もしかして付き合ってるんじゃないかって噂になってた。だから、僕、気が利かなかったかもしれないって家に着いてから反省して、でも、今なら宿題をやり直せるから――」

「そういうのって、本当にくだらないと思う。私も宮沢くんも自分の宿題をやっただけなんだから、気にする必要ないよ」

「あ……そうだよね」

「そうだよ」

凜子は力強く顎を引き、それからふっと表情を緩めた。

「あのさ、そういうことを気にする人って、たぶん、空気が読めないとは言わないと思う。宮沢くんは、むしろ読みすぎなんじゃない？」

「それは……初めて言われたなあ」

宮沢くんは唇を薄く開いて何度も小刻みに頷いた。分かりやすい解説に出会い、解けなかった設問を克服したかのような反応だった。「グループトークのこと、気が向いたらいつでも言ってよ」と凜子は紙袋を抱え直した。

「ねえ、時間があったら、私のお母さんの本棚を見ていかない？　読みたい漫画があったら貸してあげる」

「いいんですか？」

宮沢くんは凜子ではなく、僕を見上げた。「いいよ。十五年以上置きっぱなしで、片づけてって言っても聞いてくれないんだから」と僕はしかめっ面を作ってみせた。

「じゃあ、えっと、お邪魔します」

「ほら、こっち。二階だから。あ、圭くん、さっきのトルティーヤチップスの残りを持ってきてよ。ナチョスにしてくれてもいいよ。二人で食べたい」

「分かった」

「あの、そこまでしてもらうわけには——」

「いいって。たいした手間でもないから」

「宮沢くん、早く」

凛子の手招きを受け、宮沢くんが階段を上がっていく。天井から二階の床の軋《きし》む音が降ってくる。ふと靴箱の上を見ると、赤い髑髏の位置が微妙に変わっていた。宮沢くんが靴を脱ぐために手をかけて、ずれたらしい。場所を直すついでに髑髏に積もった埃《ほこり》を指で拭い、僕は台所に向かった。


開店から三十分も経っていないにもかかわらず、客席は三分の一がすでに埋まっていた。さすがは人気店だという焼き鳥屋だ。店内は炭火の香りで満ちている。朝香さんが僕を振り返り、「予約しておいてよかった」と微笑んだ。僕たちはカウンターの端の二席に案内された。

合皮の表紙のメニューを開くと、アルコールの種類が豊富だった。テキーラを使ったカクテルまで載っている。嬉しくて、つい一杯目からテキーラサンライズを選んだ。テキーラは、蒸留酒の中でもウォッカやジンやラムに比べて存在感がやや薄い。スーパーにも一本置いてあればいいほうだ。こういう場所で見かけたときには、業界の応援も兼ねて頼むようにしていた。

「私はやっぱりビールかな」

グラスがふたつ届いたところで乾杯した。今日は朝香さんの午後のレッスンがなく、僕も締切に余裕があって、夕方から映画を観に出かけていた。「分かりやすくてスカッとするのがいい」という朝香さんのセレクトで、映画はハリウッドのアクションものだった。あの演出はやりすぎだった、とか、あのキャラクターが格好よかった、とか、焼き鳥を食べながら互いに感想を喋った。

二杯目に僕はパロマを、朝香さんはまたしてもビールを注文した。それをきっかけに映画の感想は途切れ、次は凜子の話題になった。宮沢くんがアオノリュウゼツランのスケッチに来たことは、朝香さんには伝えていた。連絡先を交換してからというもの、二人は毎日のようにメッセージをやり取りしているそうだ。一昨日、凜子が家に来たときに、「宮沢くんって面白いんだよ。ウツボのスタンプとか使ってくるの」と笑いながら教えてくれた。

「へえ、そんなに仲良くなったんだ」

「凜子は正義感が強いから、クラスに馴染めないらしい宮沢くんを放っておけなかったところもあると思うけど」

「凜子ちゃん、優しいね」

「まっすぐなんだよ、小さいときから」

朝香さんは面識のない凜子の話も興味を持って聞いてくれる。こういうところも僕は好きだ。友人や知人の中には、妻の話題が育児ばかりでつまらないと言う人もいるけれど、僕は子どもほど面白いものはないと思っている。僕の一年と凜子の一年では、起こる出来事や生まれる感情の種類が、重みが、まったく違う。子どもは実に魅力的な対象だった。

「それはどんなカクテルなの？　この、縁についてるのは塩？」

朝香さんがふいに僕のグラスに触れた。

「うん、塩。パロマはテキーラをグレープフルーツジュースとトニックウォーターで割ったカクテルだよ。メキシコでもよく飲まれてる。ちなみに、さっきのテキーラサンライズは、オレンジジュースでテキーラを割って、グラスの底のほうにグレナデンシロップを沈めたものだね。グラデーションで夕日を作るんだ」

「圭一郎は本当にテキーラが好きだね」

朝香さんは目を細めて、僕の腕に手を絡めた。

「私、圭一郎がメキシコにいたときの話が聞きたいな」

「したことなかった？」

「付き合う前に、ちらっとね。でも、詳しく知りたい」

「そうだなあ」

僕は初めてメキシコに降り立ったときのことを思い返した。十九年前、両親に頭を下げてお金を借り、大学を休んで海を渡った。このときはビザを取らなかったから、半年しか滞在できず、でも、メキシコの色鮮やかさと熱気と、笑うしかないほどの適当さ——その点は底がぐらつく手吹きのメキシカングラスにも表れている——に魅了されて、この国で暮らしたいと思った。一旦帰国したのち、就職先を見つけてビザを取得した。大学は辞めた。そして、メキシコで電子機器の工場に勤めながら五年の月日を過ごした。

住んだのは首都だったけれど、英語が通じない場面は少なくなかった。英語とスペイン語は語派のグループが異なるから、初めは言葉に苦労した。それでも、楽しいことのほうがずっと多かった。広場には歌って踊って楽器を演奏する人たちがいて、出会う人は皆、明るく親切で、でも、自信満々に教えられた道案内が間違っていたことは数知れず。屋台のおじさんには、浮気相手が妊娠して、妻から離婚されそうだという身の上話を軽い調子で聞かされた。財布は二回掏《す》られた。メトロのストライキにも二回遭遇した。水道は五回くらい止まった。気軽に利用できる飲食店の衛生観念は、あってないようなものだった。毎日が本当に刺激的で、それが当時の僕にはちょうどよかった。

「ラテンの国らしいね」

　メキシコ人の友だちが待ち合わせの時間を一度も守らなかった話に、朝香さんは声を出して笑った。僕はメキシコに住んだことで、汚いことや分かり合えないことをどうでもよく思えるようになった。神経質な性格にとって、ある種の荒療治になったのだろう。僕は間違いなくあの国に助けられた。父さんが病気で倒れなければ、そのまま永住していたかもしれない。母さんから連絡を受けて帰国したとき、僕には確かに後ろ髪を引かれる思いがあった。けれども半年後、父さんの退院が決まっても、僕はメキシコに戻らなかった。父さんが早期退職し、母さんと二人で地方に移住することになり、家を引き継いでほしいと頼まれたのだ。僕としても、生まれ育った家を手放すことになるのには抵抗があり、子どものころから心配ばかりかけていた両親の頼みを断るのも忍びなかった。また、初対面を果たした一歳の姪がめちゃくちゃ可愛くて、もういいか、のほうに天秤《てんびん》が傾いていた。

「でも、圭一郎はどうしてメキシコに行こうと思ったの？」

「……忘れた」

僕はねぎまの串を竹筒に入れ、おしぼりで口を拭いた。「ふーん」と朝香さんが含みのある相槌《あいづち》を打ち、僕を見つめる。それでも黙っていると、「四十まで生きていればいろいろあるか」と朝香さんは優しい顔で頷いた。

「私はね、行くとしたらキューバかな。本場のルンバを見てみたい」

「本場のルンバ」

「なに？」

「駄洒落《だじやれ》かと思った」

朝香さんが僕の肩をぺしんと叩く。そのときだった。ジーンズのポケットに入れていたスマホが震えた。「凜子だ」となんの気なしに朝香さんに画面を向け、緑のボタンをタップする。凜子から電話がかかってくるのは珍しい。彼女の声は、「圭くん?」の第一声からして暗かった。

「凜子? なにかあったの?」

「圭くんは今、家にいる?」

「ううん。外に出ちゃってる」

「そっか。じゃあ、いいや。突然ごめんね」

通話を切ろうとする凜子の気配に、「待って」と僕は声を張り上げた。

「せっかく電話に出たんだから、とりあえず用件を聞かせてよ」

「えっとね、話を聞いてほしいことがあったの。それで、今から圭くんの家に行こうかと思ったんだけど……」

僕はスマホから顔を離し、画面に映る時刻を確認した。すでに夜の七時半を過ぎている。八月とはいえ、外は真っ暗だろう。こんな時間に外に出ることは、そもそも姉さんが許さないように思われた。

「だったら、僕がこれから凜子の家に行くよ。三十分くらいで着くと思う」

「えっ、いいの?」

凜子の声がにわかに明るくなった。

「大丈夫。あと少し待っててね」

通話を終え、スマホをポケットに戻すと同時に朝香さんの存在を思い出した。元気のない凜子の声と、彼女から相談をもちかけられた状況に、朝香さんと食事中だったことを失念していた。おそるおそる隣を見ると、朝香さんはカウンターに頬杖をついていた。

「朝香さん、あの――」

「私はもう少し食べたいな。まだ鶏飯《とりめし》も来てないし。会計は私がしておくから、圭一郎だけ先に帰ってよ」

「本当にごめん」

「凜子ちゃんになにかあったんでしょう？　あのね、私の息子にも中学生のときはあったの。今となっては到底信じられないけど。だから、その年ごろの子どものＳＯＳがどれだけ切実か、分かってるつもり」

「……ありがとう。次は僕が払うから」

「オッケー。高級なお店を探しておくね」

朝香さんが慈愛のにじむ表情で手を振る。僕は「任せて」と応えると、椅子の背もたれにかけていた鞄を引っ掴み、店を飛び出した。

　エントランスのインターフォンに応対したのも、玄関のドアを開けたのも凛子だった。「姉さんと義兄さんは？」と訊くと、どちらも残業でまだ帰宅していないという。僕は勝手知ったる足取りで洗面所で手洗いを済ませ、ダイニングテーブルに着いた。この部屋を訪れるのは、半年前の凛子の誕生日以来だ。学校のプリントや役所から届いた封筒など、こまごましたものが出しっぱなしになっていて、掃除も行き届いていないように見える。姉さんと義兄さんの仕事が忙しいのは、ここ数日の話ではなさそうだった。

「水でもいい？　麦茶はさっきパックを入れたばっかりなんだよね」

「もちろん。ありがとう」

　凛子からミネラルウォーターの入った切子《きりこ》グラスを受け取ったとき、カウンターの隅に置かれたピンクの髑髏が目に留まった。もともとはうちの玄関に並んでいる髑髏たちの仲間で、凛子がピンクという華やかな色に取り憑《つ》かれたように夢中になっていた三歳のころに、「凜ちゃん、これほしいなあ」と言われて譲ったのだった。「それ骸骨だよ。怖いよ」と姉さんはたしなめていたけれど、「怖くないよ、可愛いよ」と凜子は言い張り、大事そうに握りしめていた。そんな十年近く前の記憶が、ふっと脳裏によみがえった。

「あのね」

「うん」

凜子は自分のぶんの飲みものは用意せず、僕の向かいの椅子に足を抱えて座った。出迎えてくれたときからずっと、沈んだ様子だった。

「宮沢くんに付き合ってほしいって言われた」

「あ……そうなんだ」

前置きなしに本題に入ったようだ。僕は水で喉を湿らせてから、「今日のこと？」と尋ねた。ボブカットの頭が上下に揺れた。

「四月に同じクラスになったときから、私のことがちょっと気になってたんだって。夏休みに圭くんの家で偶然会って、仲良くなって、やっぱり付き合いたいと思ったって言われた」

僕は驚愕と納得を同時に覚えた。宮沢くんのことを、なんとなく恋愛感情が低い子のように捉えていたけれど、今思えば、凜子と喋っているときの彼には心の昂《たか》ぶりが見られたような気がした。たぶん宮沢くん自身も、それが友情なのか恋愛なのか、凜子とどうなりたいのか、最近まで分からなかったのだろう。朝香さんの言うとおり、友だちと恋人の境目は案外曖昧だ。それはつまり、友情と恋愛感情の変わり目があやふやであることも意味している。

「もちろん断ったけど、なんでみんなすぐに付き合おうとするのかな」

凜子は膝のあいだに顔をうずめた。彼女の頭には、おそらく匠くんが浮かんでいる。若いころの恋愛が奪うもの、狭《せば》めるもの、壊すもののことを僕は考えた。恋には多少の暴力性が含まれている。僕が今、朝香さんと心地よい時間を過ごせているのは、互いに年齢や経験を重ねて、感情のやり繰りを覚えたからだ。例えば、恋人がデートよりも親戚の子どもを優先させることを、二十代前半の自分が許せたとは思えない。

「好きな人の特別になりたいっていう気持ちは、別におかしなものではないよ。それに、宮沢くんは凜子のことを束縛しないと思う」

「……分かってる」

「凜子には凜子の気持ちがあって当然だから、断ったことを申し訳なく思う必要もないけど」

「だって私、宮沢くんのことは友だちにしか思えないし」

凜子が顔を上げる。目が潤んでいる。唇の端はかすかに痙攣していた。それを認めた瞬間、僕は皮膚に電流が流れたような気がした。凜子も本当は、宮沢くんのことを恋愛対象として意識し始めていたのではないか。目が覚めたような心地だった。彼のことを話すとき、凜子の声は弾んでいた。「宮沢くんの面白さを知ってる人って、クラスで私だけかも」とまで言っていたのだ。その気持ちは、もはや恋の領域に足を踏み入れているように思われた。

「それに」

「それに？」

「私は一生、誰とも付き合わないって決めたから」

一生、誰とも付き合わない。

さらに強い電流を感じた。記憶のページが音を立ててめくれる。あのとき、僕も確かにそう宣言したのだ。「けーにはもっといい人がいるよ」と加成子さんにふられて、

「加成子さんと別れたら、僕は一生、誰とも付き合わない」と言い切り、「だから別れない」と駄々をこねた。でも、聞き入れられなかった。翌日には加成子さんと連絡が取れなくなった。彼女はバイトも辞め、僕が大学に行っているあいだに引っ越しまで済ませていた。オーナーに行方を尋ねても、なにも知らない、聞いていないと言い張るばかり。復縁を持ちかけることもできず、僕は途方に暮れた。加成子さんのだめなところも散々見てきた僕には、彼女を嫌いになる余地すら残っていなかった。

真相が判明したのは、加成子さんと別れて一年後のことだった。ある晩、僕が古本屋のレジを締めていると、買い取り査定の用事もないのにオーナーがやって来て、

「加成子が亡くなったよ」と僕の肩をさすった。

「あ……え……」

信じられなかった。「いやいやいや」と半笑いを浮かべて首を振る僕に、オーナーは静かな口調で経緯を説明した。実は加成子さんは一年前に病気が分かり、地元に帰って入院していたそうだ。手術も二度受け、それでも進行を食い止めることは叶わなかったという。「父親の話では、眠るように息を引き取ったそうだよ」というオーナーの言葉に目眩《めまい》がした。付き合っていたときも、加成子さんが体調を崩すことはし

ょっちゅうで、でも僕はそれを不摂生ゆえのものとしか捉えていなかった。彼女が検査を受けていたことも知らなかった。オーナーは、僕にはなにも言うなと加成子さんから口止めされていたけれど、彼女とのささやかな繋がりにすがり、バイトを続ける僕の健気《けなげ》さに耐えられなくなったそうだ。四十九日の法要が終わったところで、自己判断で打ち明けることにしたのだと言われた。

なにも手につかないまま数日が過ぎた。オーナーに加成子さんの遺骨が埋葬された場所を聞き、墓参りに行くまでには、さらに一ヶ月の月日を要した。彼女は由緒ある家の生まれだったらしく、〈足立家之墓〉と彫られた大きな墓石は、長い年月のうちに風化したのか、岩のように無骨《ぶこつ》な佇まいを放っていた。僕は墓前に煙草と缶ビールを供え、手を合わせた。加成子さんが亡くなった実感は、まだ完全には心に定着していなかったけれど、折に触れて「爆ぜろ」と口にしていた故郷で、とっくに死去していたにもかかわらず、「爆ぜろ」と執拗に罵《ののし》っていた祖父と共に、彼女は眠っている。そう思うと胸が痛んだ。家父長制のような価値観を、彼女はなにより嫌っていた。

僕がメキシコに発《た》ったのは、その二ヶ月後だ。なかば自棄《やけ》気味に外国に行くことを思いついていた。加成子さんにのめり込んでいた僕は授業を休みがちで、大学には相変わらず居場所がなかった。なにかあったのかと盛んに心配する家族も鬱陶しく、バイト先には加成子さんとの思い出が溢れていた。そのすべてから逃げたかった。上品で優雅な旅にならなければ行き先はどこでもよく、図書館で片っ端からガイドブックをめくるうちに、メキシコに死者の日があることを知った。死の扱いが陽気なところに、無性に惹かれた。

外国での生活が始まれば、一生、誰とも付き合わないという誓いを破るのは容易《たやす》かった。元恋人の死がきっかけの旅とはいえ、小さくない解放感があり、人肌も恋しかった。現地の人や、夫の赴任に付き添っていた日本人や、留学中の中国人。酒やノリや性欲や、いろんな要素に突き動かされ、僕はなし崩し的にさまざまな女性と交際した。一夜だけの関係も何度も持った。

「ねえ、圭くん」

「あ……どうした?」

凜子の声で我に返った。光が満ち満ちている空間に引っ張り出されたみたいだ。僕は目をしばたたく。十三年前に初めて凜子と顔を合わせたときにも同じような感覚に駆られたことを、ふいに思い出した。

「宮沢くんに告白されてから、ずっと考えてるんだけど」

「うん」

「やっぱり私は彼氏はいらない。全然ほしくないの。誰かのたった一人の特別な存在になるなんて、怖いよ。でも、こういう考え方っておかしいのかな」

一歳のころと同じ、ふたつの澄んだ瞳がまっすぐに僕を見ている。その片方から涙が溢れた。凜子は宮沢くんを好きな気持ちよりも、自分の交友関係には誰にも口を挟ませないという決意のほうを大切にしたのだ。付け入る隙すら誰にも与えたくないのだろう。自分の意志を貫こうとする凜子の気高さに、僕の胸は熱くなる。まるでリュウゼツランだ。鋭い棘を持ち、時間をかけて成長する、堂々とした雰囲気をまとった植物。僕は凜子に、我が家の庭に根を張るアオノリュウゼツランを重ねた。

「凜子がそう思うなら、それでいいんだよ」

「本当に?」

「本当だよ」

僕は立ち上がり、彼女の頭に手を置いた。僕とは違い、凜子は死ぬまで誓いを守るかもしれない。近い将来に恋人ができるかもしれないし、作ろうとしながらできないかもしれない。なんでもいい。どうなっても笑わないから、凜子にはそのとき自分が信じた道を進んでほしい。僕は一瞬だけ、加成子さん以外の女の人とは本当に付き合わなかった自分の姿を想像した。彼女を失った直後の、なにを食べても味がしない、眠りに就こうとすると呼吸が浅くなる日々を今なお過ごしているもう一人の自分のことが、なぜか少しだけ羨《うらや》ましい。「けー」と平坦な発音で僕を呼ぶ声を、死ぬまでひたすらに反芻《はんすう》する。そういう人生も確かにあったのだ。

「恋愛は、自分を曲げてまですることじゃない」

やがて、僕の言葉に頷いた凜子のもう一方の目からも涙がこぼれた。ダイニングの照明を受けて、頬を走る二本の筋は輝いている。

リュウゼツランを表すアガベはギリシア語に語源を持ち、意味は高貴。

凜子の涙を集めて発酵させれば、きっと、この上なく美味しいテキーラができるだろう。

タイムスリップ

西條奈加

西條奈加（さいじょう　なか）

1964年、北海道生まれ。2005年『金春屋ゴメス』で日本ファンタジーノベル大賞を受賞しデビュー。12年『涅槃の雪』で中山義秀文学賞、15年『まるまるの毬』で吉川英治文学新人賞、21年『心淋し川』で直木賞を受賞。主な著書に「お蔦さんの神楽坂日記」シリーズ、『善人長屋』『首取物語』など。

どうしてこの電車に乗ってしまったのか、よくわからない。

いつもどおり地下鉄の入口に吸い込まれそうになったとき、何故だか足が右に逸《そ》れた。

二本の線路が通る踏切の向こうに、昭和にタイムスリップしたような、小さな駅がある。一両だけの電車が止まっていて、暗い駅の中で、まるで家の灯りのように車両だけが明るい。待っていてくれたような気がして、つい足がそちらに向いた。

前がオレンジ、いや、朱色というのだろうか。側面は桜色の車両だった。

ホームに乗客はおらず、いまにも発車しそうだ。駆け足になり、手近なドアにとび込んだ。改札を通っていないことに、そのとき初めて気づいたが、運転席の脇に、見慣れた緑色のタッチパネルがある。無意識に色に反応したのか、さほど慌てることなく携帯をかざした。

ピッと音が鳴り、背後でドアが閉まった。チンチンと鐘を鳴らすような、ひどくレトロな音とともに電車が動き出した。

色の違う優先席以外はほぼ埋まっていて、三、四人が立っている。平日の夜六時半。帰りの通勤時間帯にしては、空いていると言えなくもない。

いま通った乗車口の他に、二枚のドアがある。乗車した側の後部に一枚、反対側の真ん中辺りにもう一枚。後部扉の脇にあいたスペースを見つけて、からだを寄せた。

「とまります」と書かれた降車ボタンが目に留まり、バスと同じ仕組みかと初めて気づいた。いわゆる前乗り後降り方式のようだが、乗車口とは反対側についたもう一枚の扉は、いつ開くのだろうと、ちょっと疑問に思った。

なにせ乗ったことがないからわからない。いや、違う。たしか一度だけ乗車した。同期の莉子《りこ》と一緒に、会社帰りにこの電車に乗った。あれはいつだったか、たしか入社して一、二年経った頃だから六、七年前——、いったい何のために、いや、どこに行ったのか。ああ、そうだ、お花見だ。

夜桜見物に行こうと莉子が言い出して、場所も彼女が決めた。

「仕事帰りに電車一本で行けるし、夜はライトアップされてるって」

ライトアップというほどの大掛かりな照明ではなく、ぼんぼりが桜並木を彩っているだけだったが、十分にきれいだった。ただ、その日は春とは思えないくらい寒くて、早々に手近な店に逃げ込んだ。そこで食べたピザが、びっくりするほど美味しかったとか、夜桜は昼間と違って、少し不気味にも見えるとか、思い出はそれなりにあるのだが、電車については記憶から抜け落ちていた。

この電車は、どこに行くのだろう？　ドアの上に停車駅が並んでいたが、知らない駅名ばかりだ。辛うじてわかるのは、ＪＲに乗り換えられる王子《おうじ》と大塚《おおつか》のみ。降りるなら、このどちらかの駅しかなさそうだ。

どうしてこんな気まぐれを起こしたのか、今更ながら首を傾げたくなる。

ただ、家にまっすぐ帰りたくなかった。このモヤモヤした気持ちを、ワンルームの部屋の空気に溶け込ませるのが嫌だった。

よく居酒屋などで、くだを巻くおじさんたちも同じだろうか。早く家に帰ればいいのにと半ば呆れていたが、毎日、消化しきれないわだかまりを、酒と一緒に発散させてから、帰宅の途に就くのだろうか。

車窓から見える景色は、東京とは思えないほど真っ暗で、先へ行くごとに心細さが募る。

暗いからこそ、その鬼灯《ほおずき》色の灯りが、妙にくっきりと映った。

線路脇の道に面した店先にぶら下がる、提灯《ちょうちん》だった。電車で通り過ぎたから一瞬だが、速度が遅いためだろう。「十」という文字が見えた。

電車にとび乗ったときと同じで、からだが勝手に動き、「とまります」ボタンを押していた。ほぼ同時に、次の駅名がアナウンスされる。

「次は、荒川車庫前《あらかわしゃこまえ》、荒川車庫前です」

まったく馴染《なじ》みのない駅名だが、目の前のドアが開いて、簡素なホームに降りた。チンチンと、単調な合図を残して、電車が発車する。

「ここ、どこだろう……」

都電荒川線の車両を見送りながら、途方に暮れた。

暗い中、知らない町にとり残された。レトロな電車に揺られてきたせいか、昭和にタイムスリップしたような錯覚すら覚える。

「とりあえず、行ってみようかな」

自分を鼓舞《こぶ》するために呟《つぶや》いて、紙田葉月《かみたはづき》は歩き出した。

とにかく線路沿いの道を戻れば、あの店に着くはずだ。

ホームを下りて、電車の進行方向とは逆に歩き出す。目指すは、あの鬼灯色の提灯。どうして目に留まったのかは、自分でもよくわからない。居酒屋の店先でよく見る、真っ赤な色合いとは少し違って、暖かそうな色に惹《ひ》かれたのか。提灯の形も丸っこく、ハロウィンにカボチャで作る、ジャック・オー・ランタンを思わせた。

提灯の色と形だけでは、さすがに心許《こころもと》ないが、店名に「十」の数字が入っていた。

線路脇の一本道だし、店らしき灯りはさほど多くない。照明はほぼ街灯だけで、乗車した町屋《まちや》駅の周辺とくらべると、妙に暗く感じる。町屋もやはり山手線から弾かれて都心とは言い難い場所だが、照明に彩られたツリーに似たビル群と、幹線道路を行き交う車のライト、何より方々のビルから湧いてくるような人の多さは、都会だけがもつ景色だ。

くらべて、この人通りの少なさはどうだろう。本当に都内だろうかと、心配になるほどだ。暗くてまわりが見えないから、よけいに心細さが募る。

店も決して多くない。ＪＲの線路下のように、途切れなく並んでいるわけではなく、たまに思い出したように、ぽつりぽつりと点在する。居酒屋も数軒あったが、「十」

の文字が浮かぶ鬼灯色の提灯はまだ見つからない。だんだん不安になってきた。

道の先に視線を集中させていたから、足許がおろそかになって、何かにつまずいた。片膝をついたものの、辛うじて派手に転ばずに済んだ。このときだけは、人目のないことが有難かった。

立ち上がろうとして、一瞬、めまいを感じた。

どこかで、ニャアと鳴く、猫の声がした。

息をひとつ吐いて顔を上げたとき、探していたものが目にとび込んできた。

暖色系の丸っこいフォルムと、「十」の文字。間違いない、あの店だ。

安堵《あんど》の息をついて立ち上がり、ほどなく目当ての店に着いた。

提灯に書かれた文字は、『十刻』だった。じっくりとながめたが、読みはわからない。

「じゅっこく？　とおとき？」

ここまで来て、はたと気づいた。この店に、入るのか？　ひとりで？

二十九年と二ヶ月生きてきて、ひとり呑みをしたことなど一度もない。ひとりで入るといえば、チェーン店のカフェやファストフードがせいぜい。ラーメン屋なら一、二度、牛丼屋はないな、スイーツの店ならある。最近はおひとりさまグルメも充実してきたが、ひとり焼肉も未経験で、いきなりひとり居酒屋は難易度が高い。

おまけに外観は、思った以上に古びている。三、四十年は歴史がありそうな佇まい。ちっともおしゃれじゃないし、近所の常連さん、もといおじさんやおじいちゃんがたむろする昭和酒場といった風情《ふぜい》だ。

店内から笑い声がして、よけいに足がすくんだ。常連さんの多い店だろうか？　初見のひとり客がのこのこ入っていけば、悪目立ちするのでは？　だいたい、お酒自体、さほど呑まない。

格子戸の嵌《は》まった戸の前で、しばし逡巡したが、どう考えても入る理由が見当たらない。

「待ち合わせですか？」

背中から声をかけられて、ひえぇ、と叫びそうになった。どうにか口からとび出す前に叫び声を呑み込んで、ふり返った。

「待ち合わせなら、中で待った方がいいですよ。ここ寒いので」

インテリ風の眼鏡男子。いわゆる銀行系の硬い感じではなく、ほどよくラフで仕事もできそう。若いIT起業家を思わせる。顔もなかなかのイケメンだから、無暗《むやみ》にドギマギする。葉月より少し上くらいか。

「いえ、あの、待ち合わせじゃなくて……ひとりです」

後の言葉が、尻すぼみになる。こんなところにひとりでいることが、急に恥ずかしくなった。さほど驚くこともなく、男性がたずねた。

「もしかして、ここ初めてですか？」

「……はい」

「だったら、お勧めですよ。女性ひとりでも入りやすいし」

どこが？　とツッコミそうになったが、眼鏡の奥の目ににこりと微笑まれ、それだけで、入ってみようかという気になった。

「お酒はだいたい何でもありますが、自慢は日本酒です。日本酒、お好きですか？」

どうだろう？　好きと言えるほど、馴染んでいない。お酒といえば、ハイボールかレモンサワー。ワインも時々。日本酒は、たまに遭遇するが数えるほどだ。

「日本酒は、あまりよく知らなくて。ふだんは、炭酸系が多いです」

「炭酸の日本酒もありますよ」

「そうなんですか？　そういえば、きいたことがあるような……」

「最近、増えてきましたからね。でも、活性にごりは一味違いますよ。炭酸ガスを添加するだけの酒とは違って、酵母《こうぼ》の発酵のみで発泡するんです。そのまま開けると、振ったシャンパンみたいに中身が噴き出すから、栓を開けるまでに二、三分かかる。それくらいシュワシュワです」

よほどの日本酒好きなのか、いきなり饒舌《じょうぜつ》になる。ただ、炭酸ガスではないシュワシュワには、かなり惹かれる。

「最初に、『かるくいっぱい』」

「そうですね、かるく一杯なら」

戸の前を塞いでいるのは葉月だ。暖簾《のれん》はかかっていない。どうぞ、と手で示されて、細い格子の嵌まった戸を開けた。

「いらっしゃいませ」

店の内装もやはり、昭和感が半端ない。居酒屋でよく見る壁一面の黄色い札はないものの、煤《すす》けた壁や天井は、ウン十年分の酔客の愚痴を溜め込んでいそうだ。むしろレトロ狙いだろうか。左手にカウンター、右のテーブル席ふたつはどちらも四人掛けで、ひとつは会社帰りと思しき三人の男女が占めている。

「何名さまですか？」

カウンターに立っていた、板前姿の男性に問われた。見たところ、他に従業員らしき姿はない。わりと若い板前さんで、ひとりでまわしている店だろうか。

「あの、ひとりなんですけど……大丈夫ですか？」

「もちろんです！　こちらにどうぞ」

実に嬉しそうな笑顔を返されて、肩の力が一気に抜けた。

示されたのは、カウンターのいちばん奥の席。店内に入ると、手前の席で飲んでいた客から、不満気な顔を向けられた。

「なんだ、もう来たのかよ。早いよ」

「七時ですよ、時間どおり」

外で会った男性が、葉月の後ろから返す。連れかとも思ったが、違うようだ。

葉月の父親くらいに見える男性客は、椅子から立ち上がり、子供のように口を尖《とが》らせて、「大将、お勘定」と告げた。

「ハセさん、そうすねないで。また来てよ」

「来るよ！　おれの唯一の楽しみなんだから」

大将と呼ばれた店主が客を送るあいだ、眼鏡男子は銚子《ちょうし》や皿を片付けて、カウンターを拭く。てきぱきとして、慣れた手つきだ。つい眺めていると、気づいたように苦笑した。

「いまの人、近所の常連さんでね。検査で色々と数値が上がって、お酒を制限してるんだ。飲むのは週に一度、開店の五時半から七時までって決めていて、ちょうど僕と入れ替わりになる。いつのまにかこの席が、互いの定位置になってね」

なるほど、と納得しながら、コートを壁に下がったハンガーにかけて、鞄を椅子の下の籠《かご》に入れた。カウンターは、奥から入口に向かって五席、直角に曲がって、入口に背を向ける形で二席。葉月の席は五つ並んだいちばん奥で、眼鏡男子は同じ並びのいちばん手前。間の三席は、まだ空いていた。椅子に腰を下ろすと、ちょうど大将が戻ってきた。

「お飲み物は、何にしましょう？　メニューはこちらです」

「シュワシュワした日本酒があるって、きいたんですが」

『かるくいっぱい』ですね？」

「え？」

「活性にごり酒の名前です。メニューにも、ありますよ」

カウンターに立てられたメニューを見て、種明かしをされたような気分になった。

『活性にごり酒　神亀《しんかめ》かるくいっぱい』と書かれている。

「神亀という蔵元が出している、活性にごり酒の銘柄です。開栓が難しいので、よろしければ、こちらでお開けします」

躊躇《ちゅうちょ》なくお願いして、改めてメニューを見た。ビール、焼酎、ワインと一通りそろっているが、自慢ときいただけあって、やはり日本酒がいちばん多い。ただ、知識がないだけに、銘柄を見てもぴんとこない。

「こちらが、『かるくいっぱい』です。開けさせていただきますね」

にごり酒と耳できいたときには、いまひとつイメージがわかなかったが、小瓶の中身は真っ白だった。カウンターの向こうで、大将が小瓶の蓋《ふた》に手をかける。パキリと開く音がして、その途端、まるで生き物のように、瓶の中の液体がたちまち膨れ上がった。口から溢《あふ》れそうになったところで、また蓋をねじって口を締める。

「これを何度かくり返して、少しずつ抜いていくんです」

「すごい炭酸の量ですね……これで炭酸ガスを、加えていないんですか？」

「粗漉《あらご》し活性にごりというタイプで、漉しが粗い分、醪《もろみ》が多く残ります。栓をした後も発酵し続けて、瓶の内に炭酸がどんどん増えていくんです」

「醪……」

と、ききなれない単語を呟くと、三席あいた向こうにいる眼鏡男子が説明してくれた。

「醪というのは発酵中の液体のことで、簡単に言うと、日本酒になる前の状態。発酵を終えたものを漉すと、澄んだ日本酒になるんです」

相変わらず、ものすごくわかりやすい。栓の開け閉めをくり返しながら、大将がきいた。

「なんだ、沖《おき》の知り合い？」

「いや、店の前で会って勧誘した。売り上げに貢献したんだから、感謝しろよ」

「どうせまた、日本酒ウンチクを語ったんだろ」

「当たり。とっときは日本酒が自慢だと、宣伝しておいた」

「とっときって……？」

「うちの店名です。居酒屋『十刻《とっとき》』」

「ああ、そう読むんですか！」

「この大将らしくない、気取った名前でしょ？」

「うるさいな。気取ったわけじゃなく、名前を縮めただけだって」

「名前、ですか？」

「ああ、私、十河明刻《そごうあきとき》といいまして。十の河に明るい刻です。名前の上下をとって店名に」

細身の眼鏡男子とは対照的に、やや筋肉質で、顔立ちも今風とはいえないが、そのぶん何だか親しみやすい。カウンターの端から、合の手のように横槍が入る。

「百貨店と同じ名前だから、小学校のときは、よくＣＭソングを歌われて」

「百貨店？」

「ああ、若い人は知らないか。いまは都内にないし。『そごう』という百貨店があるんです」

「字は違うんですけどね。向こうは十に合うだから」

若者あつかいされたが、それほど歳は離れていないように見える。たぶん葉月より少し上、三十前半くらいか。

ふたりと話しているうちに、二、三分が過ぎて、瓶の中の泡が収まった。

カウンターの一段高い仕切りの上に、グラスが置かれる。逆円錐の透明なグラスには、ステンドグラスのような色鮮やかな模様が散っている。昭和よりもっと古い、アンティークを思わせる。乳色の液体が注がれると、見惚れるほどきれいだった。

どうぞ、とカウンター越しにグラスを渡される。いただきます、と口をつけた。

甘酒のように、わずかなとろみがある。なのに炭酸はしっかり利いていて、喉越しと後味は、驚くほどさわやかだ。思わず声が出た。

「美味しい！　さっぱりしてますね」

「よかった、気に入ってもらえて」と、沖さんがにこりとする。

「どうぞ、お通しです」

枡《ます》に入った小鉢に、おつまみ三種が盛られている。

「ホロホロ鳥とごぼうのきんぴらと、舞茸と海老そぼろの飯蒸《いいむ》し、柿のクリームチーズ和《あ》えです」

枡の木地に、小鉢や柿の色が映えてとてもきれいだが、どう見ても居酒屋というより料亭のお通しだ。料亭なんて足を踏み入れたことさえないから、別の心配が頭をよぎった。

大将がカウンターを出て、テーブル席に料理を運ぶあいだに、眼鏡男子の沖さんにこそりときいてみる。

「居酒屋のつもりで入ったんですけど、もしかしてここ、料亭くらい高いんですか？」

「酒も料理も吟味《ぎんみ》しているので、たしかにその辺の居酒屋よりは……でも、コスパはむしろ良いと思いますよ。手頃な値段のつまみもありますし」

と、飲み物とは別の、料理のメニューを見るよう促す。改めてじっくりと目を通した。

いちばん高いのが、松阪牛ステーキ３６００円。松阪牛なら納得のお値段か。もっともお手頃なのは、らっきょ漬け３８０円……あ、蒟蒻《こんにやく》の味噌田楽《みそでんがく》２５０円があった。見つけたとたん、ホッとした。

何にしようか……大好きな銀杏《ぎんなん》の塩炒りに、セリとベーコンのサラダも惹かれる。

甘鯛の松笠焼き、はちょっと高い。となりの鰆《さわら》の西京焼で……いや、同じ値段なら、大山鶏竜田揚げ《だいせんどり》らっきょタルタルの方が……。いったんメニューから顔を上げると、お決まりですか、と背中から大将の声がかかった。

「すみません、迷ってしまって……こういうお店って慣れてなくて」

軽い後悔が込み上げる。ファストファッションしか着ない人間が、ブランド店に迷い込んだようなもので、場違い感が半端ない。発泡酒を飲んだら帰ろうか、と弱気になった。

「カブ、お好きですか？」と、ふいに大将が言った。

「カブ、ですか？　はい、好きです」

「今日のお勧めは、聖護院《しょうごいん》カブのかぶら蒸しです。とろりとした餡《あん》をかけた料理で、温まりますよ」

「かぶら蒸し……は、メニューにないんですけど」

値段の心配をしたのが伝わったのか、大将が助け舟を出してくれる。

「おまかせコースもありますよ。かぶら蒸しも入って、五品で４５００円です」

「そのコースには、銀杏も入ってますか？」

「本来は入ってませんが、一皿外して銀杏をお入れしますよ。お嫌いなものがあれば、そちらも承りますし」

そんなカスタマイズができるとは、思わなかった。つい調子に乗って要望してみる。

「できれば大山鶏の竜田揚げも食べたいんですけど」

「揚げ物は原木椎茸の天ぷらで、メインの焼物は松阪牛のステーキなのですが、竜田揚げに替えましょうか？」

「え、たしか松阪牛って、いちばん高いメニューじゃ？」

「コースは量を加減しますから。いかがいたしますか？」

「ぜひ、松阪牛で！」

ちょっと力みがちに、頼んでしまった。かしこまりました、と大将の目尻が下がる。

さっき感じた後悔を、両手ですくいとってもらえたような心地がした。

ようやくメニューから解放されて、肩の力が抜けた。慣れない場所にひとりで挑むのは、やはり戸惑うことが多い。ただ、こういう感覚は久しぶりで、懐かしい気もした。入社した頃は、毎日がこんな調子だった。

それでも同じ部署に同期の莉子がいて、一年先輩の昴矢《こうや》もいた。

両家《もろいえ》昴矢は親切で穏やかな先輩社員で、誰にでも好かれたが、逆にいい人過ぎて恋愛対象にならないタイプだ。だから二年後、昴矢が部署を移り、ささやかな送別会が開かれた晩、交際を申し込まれてちょっとびっくりした。

特に断る理由はなく、実際つき合ってみると、昴矢のとなりは居心地がよかった。少し頼りないところはあっても、他人に怒りや不安をぶつけることがない。精神的に安定していて、そういう意味で大人だった。

対して葉月の方が、ずいぶんと我儘《わがまま》を言ったような気がする。我ながら短気なところがあって、生理の前などは特にイライラしやすい。昴矢にはいい人特有の察しの悪さがあって、どうしてわかってくれないのかと、理不尽に八つ当たりもした。

ただ、四年半もつき合って、結局別れてしまった原因は別にある。

あのことさえなければ、いまも昴矢は、となりにいたのだろうか？

「銀杏塩炒りです。こちら、お下げしますね」

言われて初めて、お通しの三品を食べ終わり、発泡酒もほぼ飲み切っていたことに気がついた。枡の器をカウンター越しに回収する大将に、急いで言った。

「どれも、美味しかったです。特に、柿とクリームチーズが」

葉月の目の前にいた大将が、ぱっと笑顔になった。客の手前、口調は抑えているが、表情は実に豊かだ。

「この取り合わせは、女性のお客さまに好評なんです」

重ねて飲み物をたずねられ、ふたたび迷う羽目になる。飲み物メニューとにらめっこを始めると、カウンターの端から沖さんが言った。

「十河、こっちは『竹泉《ちくせん》』で」

「自分でやってくれよ。見てのとおり、ひとりなんだから」

「そういや、今日、るみちゃんは？」

「涼《りょう》のアトピーがひどくなって、ぐずって機嫌が悪いって。今日はたぶん無理だろうな。てことで、沖、燗番《かんばん》やってくれ」

なるほど、ふだんはご夫婦で営んでいるのかと、いたく納得する。

やれやれとぼやきながら、沖さんはジャケットを脱いだ。壁のハンガーにかけてから、葉月の後ろを通って暖簾で目隠しされた奥へ行く。どうやら奥の厨房に繋がっているらしく、ほどなくカウンターの向こうに出てきて、大将の後ろを通りカウンターの入口側に陣取った。なまじ服装も姿も都会的なだけに、まったく馴染まない。それを大将が口に出す。

「浮きまくってるぞ。せめてこれ、つけてくれ」

緑色のエプロンを渡す。沖さんは言われるまま身につけたが、やはりしっくりこない。

「こういう格好、どっかで見たな……ああ、そうか、書店だ！」

「たしかに！　書店の店員さんて、こういう格好してますね」

書店員さんが見当違いの職場に紛れ込んだようで、堪えきれず大将と一緒に大笑いした。

「せっかく燗番に立ったことだし、よかったらお燗どうですか？」

「燗酒って、あまり飲んだことがなくて。お酒くさいぬるま湯ってイメージで、どちらかといえばあんまり……」

「それはたぶん、温度加減を間違えた燗酒です。ひと口に燗といっても、30度の日向燗《ひなた》から55度以上の飛び切り燗まであって、熱燗は厳密には50度以上です」

35度は人肌燗、40度はぬる燗、45度は上燗と、30度から5度上がるごとに呼び方が変わる。といっても温度計で計るわけではなく、湯せんで温めながら感覚で引き上げ時を見極めるという。

「燗の加減だけで、味が全然違います。ぬるま湯が苦手なら、飛び切り燗どうですか？　さっきの『かるくいっぱい』と同じ蔵元で、ぴったりのお酒がありますよ」

「こらこら、お客さんに無理強いしない。すみませんね、日本酒馬鹿で。気にせずに、好きなものをご注文ください」

大将の十河さんは気を遣ってくれたが、とびきりと言われると何故か無視できない。

「せっかくなので、燗をお願いします。あまりたくさんは飲めないんですけど」

「それなら半合にしますね。ちなみに、酒は甘口・辛口、どちらがお好みですか？　たとえばワインとか」

「ワインなら辛口です。すっきり系が好みで」

「だったら、まずはこれですね。『神亀ひこ孫』。後味がシャープで切れがいい」

一升瓶を見せられて、ちょっと引く。名前もすっきり系にはそぐわない気がして、少し不安になってきた。一方の沖さんは、慣れた手つきで銀色の水差しのようなものを手にとる。

「それ、何ですか？」

「ちろりといって、お燗するための道具です。銅やアルミもお手軽ですけど、やっぱり錫《すず》製がいちばんですね。熱伝導率は銅やアルミより多少劣りますが、錫には不純物を吸着させる性質があるから、酒の雑味をとってまろやかな口あたりになるんです」

「本当に詳しいですね、日本酒に」

「一応、プロですからね。いや、プロを目指している途中です」

プロって何だろう？　利き酒マイスターとか？　いっそ、日本酒王におれはなる！だろうか？　お客さんが入ってきて話が途切れたが、そんなことを考えた。

男女ふたりの客は、カップルに見える。入口に背を向けて、仲良くカウンターの席につく。いいなあ、と心の中で呟いた。

「どうぞ、『ひこ孫』です。熱いので、気をつけてくださいね」

沖さんが、わざわざカウンターを出て、お酒を運んでくれる。瓢箪《ひょうたん》の下半分のようなお銚子で、胴が熱いので、口に近いくびれた部分をもつように注意される。火傷するほどではないものの、たしかに、こんなに熱いのは初めてだ。

平たいピンク色の猪口《ちょこ》に、用心しながら酒を注いだ。少し黄味がかったお酒だった。ひと口ふくみ、ん、と声が出る。こくりと喉に通すと、酒の熱さが心地よくお腹に落ちる。

「美味しい……燗とは思えないほどに、すっきりしてますね」

瓶やラベルは、ザ・日本酒といった風情だが、中身の印象はまったく違ってクールな美人を思わせる。よかった、と沖さんは淡白に喜んで、またカウンターの内に戻っていく。

そのタイミングで、大将が少し大きめの鉢を葉月の前に置いた。

「お待たせしました。聖護院カブのかぶら蒸しです」

「これがカブ、ですか?」

「カブをすりおろして、海老や椎茸を加えて蒸したものです。カブのおろし蒸しとも言いますね」

蒸したカブは形が整っておらず不格好だが、ワサビを載せた頭の天辺を残して、とろりとした褐色のくず餡の湯に、気持ちよさそうに浸かっている。

寒い時期には、湯気が何よりの御馳走《ごちそう》となる。レンゲですくって口に運んだ。醬油と出汁《だし》が醸す幸せな味が、口いっぱいに広がった。猫舌ではないことが、いまは有難い。

「美味しいですね。初めて食べたのに、ホッとする味です」

「ありがとうございます」

満面の笑みで、実に嬉しそうに応える。

熱いお酒と熱い料理で、からだがぽかぽかと温まる。緊張がほぐれたせいだろうか、それとも酒がまわってきたのか、周囲をながめる余裕ができた。

もう一組、客が増えていて、少し年配の女性ふたり組。案外、女性客が多いのだなと、ぼんやりと考える。さっき沖さんがいた席はすでに片付けられていて、女性客ふたりが並んで座る。おばさんたちはにぎやかで、カップルらしき男女は睦まじい。テーブル席の客も楽しそうだ。ひとりは自分だけか、とふっとため息が出た。

大将や沖さんが、小まめに話しかけてくれるから、ぼっち感はさほどでもない。

ただ、燗酒が意外にも飲みやすかったとか、かぶら蒸しという新しい料理を知ったとか、発見や感動をその場で分かち合える相手がいないのは、やはり寂しい。いつもならSNSで呟いたりメッセージを送り合ったりするのに、今日はその気がおきなかった。

掌《てのひら》ほどもある大きな椎茸の天ぷらが出て、サクサクの衣と肉厚の椎茸を嚙みしめる。まだほんのりと銚子は温かいのに、気づけば空になっていた。

これからメインの松阪牛だし、もう一杯だけ飲もうか。日本酒を飲み慣れていないだけに、自分のリミットがよくわからない。次は別のお酒にしようか。といっても、いまさら炭酸はちょっと。肉だからワインとか？　ちゃんぽんは、かえって酔いがまわるかな。

「お飲み物、どういたしますか？　日本酒以外もありますよ。いつもならカクテルもお出しできるんですが、今日はあいにくと作り手がいなくて」

「カクテル、ですか？」

「るみちゃんは、プロのバーテンダーでね。特にマルガリータは絶品ですよ」

大将と沖さんの話で、ものすごくそそられたが、賞味できなくて残念だ。

ただ、いまは、やっぱりあったかいものが飲みたい。たぶんきっと、冬のせいだ。

そう思うことにする。

「もう一度、熱燗お願いします。何か別の銘柄で」

「だったら、『真穂人《まほと》』を……いや、フルボディタイプだから、ちょっと重いかな。『小鳥のさえずり』という銘柄にしましょうか。口当たりが優しくて、香りも穏やかです。どちらも神亀酒造のお酒です」

「めちゃ神亀推しですね」

「そりゃあもう。信者といっても過言ではないです。何と言っても、純米酒一本というその心意気に、頭が下がります。蔵の起こりは江戸時代ですが、昭和の終わりに、純米酒だけを仕込む全量純米蔵に転換したんです。これは戦後初の試みなんですよ」

「純米って、純粋な米ってことですか？」

「米と米麹《こめこうじ》、水のみを原料とするのが純米酒ですが、他にも使う米の品質や、製品の香りや色、米麹の割合まで、細かな条件をクリアした酒だけが、純米酒を名乗れます」

「吟醸《ぎんじょう》とか大吟醸は、また別のお酒ですか？」

「吟醸酒は、低温で長期間発酵させる、吟醸造りという手法で造られた酒です。精米歩合や管理を、より徹底したものが大吟醸。ただ、純米酒以外は、醸造アルコールを加えています」

かなり話が難しくなってきた。きっと、わからないと顔に書いてあったのだろう。沖さんが簡単に整理してくれる。

「純米酒は原料、吟醸酒は造り方ってことです。ふたつが合わさると純米吟醸。より厳しい審査を通ると、純米大吟醸です。きいたこと、ありませんか?」

「あります。何か高そうなお酒だなってイメージで」

「ある意味、当たっています。選《え》り抜《ぬ》きの材料で、製法も手間がかかる。原料も人件費も、跳ね上がりますから。ちなみに、さっき飲んでいただいた『ひこ孫』は純米酒ですが、同じ『ひこ孫』で純米吟醸や純米大吟醸もありますよ」

「さっきのより、ちょっとお高いってことですね?」

現実的な計算が働いたせいか、今度はさくっと頭に入った。

「ああ、すみません、つい神亀語りが長くなって。ここは酒を吟味していますから、他にもいい酒がたくさんありますよ。にごり酒なら『生酛《きもと》のどぶ』が飲みやすいかな。女性杜氏《とじ》が造る『るみ子の酒』は、可愛いラベルの割に骨太なお酒です。『秋《あき》鹿《しか》』や『七本鎗《しちほんやり》』も、ぜひ飲んでもらいたいなあ」

「相変わらず、能書きの長さが鬱陶《うっとう》しいな」と、大将が茶々を入れる。

「仕方ないだろ、仕事なんだから」

「仕事って、酒屋さんですか?」

「酒屋といえば、そうだけど……売る方じゃなく、造る方です」

「日本酒を、造ってるんですか？」

あまりに意外で、大きな声になった。造酒屋《つくりざかや》とか蔵元とか、どうしても古風な印象があって、インテリ眼鏡風のご当人と、どうしても結びつかない。

「おうちが代々、お酒を造っているとか？」

「いや、それは共同経営者の友人です。富山出身で造酒屋の息子なんだけど、お父さんが体調を崩して、十年くらい前に酒造りはやめてしまって。その蔵元にいた杜氏の方を招いて、東京で酒造りを始めたんです」

日本酒はお米が原料なのだから、新潟や富山をはじめ、米どころで造られていると思い込んでいたが、神亀酒造も埼玉県の造酒屋だと、沖さんがつけ足した。

焼酎が本場の鹿児島や宮崎、泡盛がメインの沖縄などは一、二軒に留まるが、四十七都道府県、すべてに日本酒の蔵元があるという。

「だったら、せっかくなので、そのお酒を飲んでみたいです」

「ぜひ！　と言いたいけど、あと四年は待ってもらわないと」

発酵や熟成に、四年かかるということだろうか？　さっき仕入れたにわか知識を引っ張り出してみたが、それ以前の段階だと沖さんは答えた。

「動き出してから三年経つけど、まだ製造免許も取れなくて。水質、技術、設備、経営と、満たす要件が山ほどある上に、製造免許はあくまで第一段階。食品衛生法や保健所の検査もクリアしないと。ひとつずつ潰《つぶ》していって、四年後の営業開始を目指してるんだ」

「じゃあ、トータルで七年かかるってことですか？」

「七年で済めば、むしろラッキーだね。そこから仕込みに入って、新酒なら翌年出せるけど、一、二年は熟成させたい。それだけ出荷が延びるから、九年から十年てところかな」

「十年って……気の長い話ですね」

「まあね、でも楽しいよ。毎日が試行錯誤と発見の連続で、飽きないからね」

「失敗……するかもしれないのに？」

眼鏡の奥の目が、驚いたように見開かれる。

しまった。やってしまった。よけいな一言では済まない。明らかに失言だ。

「ごめんなさい！　失礼なことを言って……」

謝っても、いったん口から出た言葉は取り消せない。ずっとただよい続け、その場の空気をかき乱す。恥ずかしさと後悔で、無意識にからだが縮む。店を出て、このまま帰りたい。

「失敗なら……」

頭の上で声がして、つい顔を上げる。沖さんは続けようとしたが、その折に、入口の引き戸が開いた。

「こんばんは、遅くなりました！」

小柄な女性が入ってきた。テーブル席とカウンターの客に、いらっしゃいませ、と声をかける。カウンターの女性ふたりは常連のようで、気軽な会話が始まる。

「るみちゃん、今日はおそようだね」

「涼ちゃんの具合、大丈夫？」

「はい、おかげさまで。発疹《ほっしん》が治まって、ようやく寝ついてくれて。後は母に任せてきました」

「子供の病気って、いつだっていきなりだから、毎回慌てるのよね。大人の都合なんて、お構いなしだもんね」

けどね」

「で、次の日にはけろりとして。あの回復の速さは脅威ね。まあ、親としちゃ有難い

葉月の背中の壁に、ハンガー掛けがある。コートを脱ぎながら女性客と雑談を交わしていたが、視線に気づいたように葉月をふり返った。


目鼻立ちがくっきりした美人だが、小柄な体格と相まって可愛らしい。

「いらっしゃいませ」と、にっこり笑う。会話からすると、大将の奥さんのるみさんだろう。似た者夫婦というが、顔立ちはまったく違うのに、笑顔だけは大将とよく似ていた。


「お飲み物、何かお持ちしましょうか？」

「ああ、すみません、オーダーが途中になってました。えっと、燗酒でしたね？」

「はい、お勧めのお酒、お願いします」


と、沖さんに答える。るみさんが、まるで空気清浄機のように、その場の空気を換えてくれた。ただよっていた失言がきれいに浄化され、心の底から安堵がわく。


ただ、店に入る前から抱えていたモヤモヤが、よりはっきりと形をなした気がする。

きっかけは、今日のランチタイム。莉子からきいた話だった。

「言おうかどうしようか迷ったんだけど……両家さんがね、来週、インドに行くんだって。一、二年は戻ってこないって」

口に運ぼうとした卵サンドが、宙で止まった。

「今朝、木宮《きのみや》さんからきいたんだ。ほら、両家さんと同期だし」

「どうして、インド……？」

声が震えそうになって、急いでサンドイッチを頬張った。人気のパン屋さんで並んで買ったのに、どうしてだかモソモソして味がしない。

「何でもね、トラス製薬が両家さんたちの企画に興味をもってくれて、インド工場にあるIT技術部と、共同で技術開発することになったって」

できるだけ平静を装って、「へえ、そうなんだ」と返した。

「ま、半年前に別れた元彼の話だし、いまさらききたくもないかもだけど、一応ね」

ちらりと莉子の目が、気遣わし気にこちらを窺う。

「でも出発前に、メッセージくらい送ってもいいかなって。葉月しだいだけどね」

彼女らしくサバサバと言って、別の話題に移したが、その後、何を話したのか、よく覚えていない。午後の仕事のあいだも上の空で、胸のモヤモヤだけが肺や心臓を浸潤するように広がっていった。

家に帰りたくなかったのは、自分の気持ちと向き合いたくなかったからだ。

今年の三月、昴矢は会社を辞めた。葉月がきいたのは、その三ヶ月前、初詣に行った帰りだった。

「日本て、なかなかＩＴ化が進まないだろ、医療分野は特に。それがずっともどかしくてさ。オンライン医療が普通に行われるようになれば、離島や田舎の医者不足も少しはましになるのにって」

葉月は、医療機器メーカーの市場開発部《マーケティング》で働いている。昴矢は工学部を卒業し、エンジニアとして入社した。市場開発部に三年いたのは、技術関係のバックアップをするためだ。機器のメンテナンスを専門とする部署に移り、それを機につき合いはじめた。

「だからさ、おれたちでやろうかって話になって。三人とも工学部だから、技術面は自信あるし、会計士の資格をもつ経済学部のやつも乗り気になってくれたんだ」

「え？　それって、何の話？」

タルトの上に並んだイチゴに気をとられていたが、急に現実に引き戻される。

「三月いっぱいで退職して、起業することにしたんだ。都会の病院と、地方の患者を繋げるための媒体を作りたいんだ。最初は小さな医院やクリニックから始めて、ゆくゆくは大きな病院も手掛けたいな。院内のシステム化やオンライン化を手助けして、患者からは携帯アプリが理想だけど、スマホを使えないお年寄りも多いからな。自治体に働きかけて、たとえば役場の一室に、オンライン診療所を作るとか……葉月、きいてる？」

「きいてる……急に言われたから、びっくりして」

「だよね、ごめん。それで、さ。こんなときに何だけど、いや、こんなときだからこそかな……葉月、おれたち結婚しないか？」

あのとき、どんな顔をしていいのか、わからなかった。退職、起業、結婚――。ひとつだけでも大事なのに、どうして三つまとめて降ってくるのか。

「経済的には不安定になるけど、会社を離れても、葉月に傍にいてほしいなって改めて思ったんだ。だから、考えてくれないかな？」

何に腹が立ったのか、よくわからない。ただ、肝心なことが、大きく食い違っている。

つき合っているあいだは、お互いふわふわして、空に浮かんだ二つの風船のようだった。風に流されて、くっついたり離れたりしながらも、五年近くも一緒にいた。

なのに結婚ときいたとたん、それぞれの風船に結ばれていた紐《ひも》に気づいた。紐を辿《たど》って地上に着いてみると、互いの場所がとんでもなく離れていた――たとえて言えば、そんな感じだ。

決して安定だけを、望んでいるわけではない。若い起業家が立ち上げた、いわゆるベンチャー企業が増えていることも知っている。

それでも起業には、ギャンブルの側面もある。やってみなければわからないし、軌道に乗るまで何年かかるのか。五年か十年か、二十年頑張っても日の目を見ないかもしれない。

その大博打《おおばくち》に、乗れというのか。あたりまえの顔をして――。

違う違う、そうじゃない。退職と起業と結婚が、セットになっているなら、どうしてもっと早く打ち明けてくれなかったのか。この機に結婚を考えたと言いながら、退職にも起業にも葉月は関わっていない。相談すらされていない。仕事と人生のパートナーは、昴矢の中できっぱりと切り離されている。まるで拒絶されたみたいに。

「結婚は、できない……いまの昴矢とは」

頭は混乱しているのに、するりとこたえが出た。口にすると、それしか正解が見当たらない。昴矢は少し驚いて、それからいつもの気弱そうな笑顔を浮かべた。

「そっか……急に言われても、戸惑うよな。ごめん、ひとまず忘れてくれ」

自分の気持ちほど、説明が難しいものはない。だって、自分でもよくわからないから。

プロポーズを断ったのは、昴矢の拒絶に対する、子供っぽい仕返しだったのかもしれない。後になって、そう思った。

その先もつき合いは続いたものの、なんとなくギクシャクし、昴矢が会社を離れると、すれ違いは決定的になった。葉月の方から切り出して、正式に別れたのは六月だった。

「お待たせしました。『小鳥のさえずり』です」

るみさんが、熱燗と新しい猪口を目の前に置いた。お注ぎしますか、と言われたが遠慮して、銚子をもち上げた。さっきよりわずかに、銚子の温度が低い。

「味、いかがですか？」

ひと口飲んだとき、るみさんと交代した沖さんが、緑色のエプロンを外して出てきた。

「さっきのより、飲みやすい気がします。優しい味ですね」

よかった、と応じて、葉月と一席空けて腰を下ろす。自分の分もお燗してきたらしく、手酌で注いで盃《さかずき》を傾ける。

「あの、さっきは、すみませんでした。失礼なことを言って……」

「え？　ああ、気にしないで。ある意味、似たようなことはよく言われるから」

「さっき何か、言いかけましたよね。『失敗なら……』って」

「うん、失敗なら、いまも毎日くり返してる……そう言いたかったんだ」

「毎日……？」

「だって新しいことを試してる以上、失敗はあたりまえだからね」

語る横顔に気負いはなく、むしろ楽しそうだ。

「東京にも造酒屋はあるけど、ほとんど郊外ばかりでね。酒は水が命だから、水質が良くて広大な土地が必要だった……かつてはね。でも、いまは浄水装置が進歩して、水道水からでも極上の水が得られる。酒造のあらゆる工程も、コンパクトな装置で機械化が可能になった。つまりね、質を落とすことなく、酒造のハードルを下げるのが目的なんだ」

決して杜氏の職人技を否定するわけではなく、現に神亀のような造酒屋には、深い敬意を抱いていると、沖さんは語った。

「それが叶えば、友人の実家みたいな蔵元が、廃業しなくて済むかもしれない。僕たちの出発点は、そこなんだ」

――オンライン医療が普通に行われるようになれば、離島や田舎の医者不足も少しはましになるのにって。

端整な眼鏡の横顔がぼやけて、昴矢の表情と声が重なる。カウンター越しに視線を向けた大将が、ぎょっとする。

「おい、沖、女の子泣かせるなんて最低だぞ！」

「え？　どうして？　おれ、何か気に障ること言った？」

大将に責められて、沖さんがおろおろする。こんなところで泣くなんて最低だ。

「すみません、違うんです……ちょっと色々あって、情緒不安定で……」

辛うじてそう言い訳したが、涙が止まらない。もしかしたら、酔っているのかもしれない。るみさんが、ティッシュを箱ごと渡してくれた。

「どうぞ気になさらないで、いっぱい泣いて構いませんよ。色んな気持ちを吐き出すために、お酒を飲むんですから」

優しい言葉をかけられると、よけいに涙腺《るいせん》が弛《ゆる》み、マスカラが全部流れ落ちそうなほど、泣き続けた。

「一番カウンターにいたお客さん、また来てくれないかなあ」

鍋を洗いながら、明刻が呟いた。グラスを拭いていたるみが、にんまりする。

「なるほどー、ああいう人がアッキーの好みなんだ」

「そういうんじゃないって。おひとり客の方が、常連さんになる率高いだろ？　贔屓《ひいき》客《きやく》を増やしたい！　それが目下の努力目標だからな」

「女性方面も、少し努力したら？　だから結婚できないんだよ」

「うるさいわ！　バツイチ・コブつきには言われたくないね」

すべての客が帰りがらんとしているが、カウンター五番の定席は、相変わらず沖泰《やす》成《なり》が陣取っている。

「少なくとも、この店内じゃ相手見つけるの無理じゃない？　アキとるみは夫婦だって、大方のお客さんは誤解してるみたいだし」

「あたしたち三人とも、ただの幼馴染で独身《フリー》なのにね」

水瀬《みなせ》るみが、ため息をついて大げさに肩を落とす。

「ご近所さんは、知ってるだろ。今日いたおばちゃんたちとか」

「いっそホントに結婚したら？　職業的にも合ってるし」

「いやー、アッキーだけはないわー。男として見るのが、まず無理」

「ホント腹立つな。おれだってないわ！」

「でも、夫婦って体《てい》の方が、楽ではあるけどね。本業だと女性バーテンダーってだけで、しつこく言い寄ってくる客もいるから」

「言い寄られるうちが花だぞー。もう三十をふたつも越えたんだから」

「歳の話はお互いさまでしょ。オッキー、そろそろ終わりでいい？　洗っちゃいたいから」

「ああ、ごめん、飲んじゃうよ」

未だちびちびやっていた泰成が猪口をあけ、銚子とともにるみに渡す。

「さっきのお客さんだけど……もう来ないかも」

「何でタイセーは、そういうこと言うかな」

客の前では建前上、苗字で呼ぶが、ふだんは泰成を音読みで呼んでいた。

「だって、アキ、肝心なこと言い忘れたろ」

泰成の指摘にはっとして、明刻が頭を抱える。

「うわあ、そうだった！　おれのバカバカバカ！」

「アッキーがバカなのは、いまに始まったことじゃないから。気にすることないって」

「るみの口の悪さも、小一から全然変わんないぞ」

カウンターの向こうでじゃれ合うふたりに、泰成が目を細める。

「まさか小学校の同級生と、またこうして顔を合わせるなんて。何だかタイムスリップした気分になるね」

「二十五年過ぎても、性格はあんまり変わんないけどね」

「切りがいいから、同窓会でも開くか？　みんなに声かけてさ」

もうすぐ十一時を過ぎようとしていたが、三人の語らいは尽きそうになかった。


「そっかー、両家さんとめでたく復縁したかー。何だか安心したよ」

都電荒川線の駅から歩きながら打ち明けると、莉子は安堵のため息をついた。

「と言っても、向こうはもうインドだけどね」

「オンラインでいつでも話せるし、時々は帰ってくるんでしょ？　一、二年なんて、あっという間だよ。で、両家さんが戻ったら、いよいよ結婚かあ？」

「結婚は、まだわかんないよ。ただ、もう少し一緒にいようかなって、それだけ」

「いいんじゃないの、それだけで。焦って結婚する時代でもないんだし」

この前ここに来たのは、十二月の初めだったから、二週間くらい経つ。

街はクリスマス一色で、イルミネーションが華やかだが、この辺りだけはぽっかりと暗く、大晦日《おおみそか》を思わせるような静けさだ。

「にしても、こんな場所で、よくお店見つけたね」

「まあ、たまたまね。でも、味は保証する。すっごく美味しい和食のお店」

線路沿いの一本道だから、迷いようはないはずだ。なのに鬼灯色の提灯も、『十刻』の文字もなかなか見つからない。前方左手に、ひとつ手前の駅の灯りが見えてきて、葉月は立ち止まった。おかしい、店がない。

「店名で検索したら？　マップで確認した方が早いでしょ」

「それが……検索しても出てこなかったんだよね」

「いまどき、そんな店ってあるの？　隠れ家的な店なのかなあ」

それでも携帯のマップを見ながら、来た道を戻る。たしか、この辺りのはずだったと……。自信がなくなってきた頃、あっ、と葉月は叫んだ。

「ここかも……外観はこんなだった。昭和酒場って雰囲気で」

「でも、店名が違うよ。ほら、提灯も暖簾も、『鳥源《とりげん》』だし」

莉子の言うとおりだ。おまけに提灯は、色も形も違う。ひょろ長くて真っ赤な、居酒屋でよく見掛ける提灯に、『鳥源』と書いてある。戸の前に下がった青い暖簾にも、同じ名が染め抜かれていた。

そういえば、たしか暖簾はかかっていなかった。いったい、どういうことだろう？

「入って確かめてみようよ。その方が早いって」

行動力が身上の莉子は、暖簾を分けて引き戸を開ける。中に入って、葉月はさらに面食らった。

店の内観も、まったく同じだ。左手にカウンター、右に四人掛けのテーブル席がふたつ。

なのに店の雰囲気も客層も違う。焼き鳥の煙がもうもうと立ち込めて、席はほとんど埋まっているが、女性客はひとり、いやふたりか。後は見事に親父の海だ。

「らっしゃい！　二名様ですかい？」

カウンターの内から、威勢のいい声がかかった。背格好も板前姿も、そして顔も、大将の十河さんにそっくりだ。ただひとつだけ、決定的に違う。

額の上から頭頂部にかけて、すっかり禿《は》げており、残った髪も白髪交じりだ。深い皺《しわ》が幾筋も入っているのに、向けられた笑顔は同じだった。

「大将、『ひこ孫』熱燗で」

カウンターの手前側の席から、声がかかる。その横顔にも、たしかに見覚えがある。

眼鏡をかけた端整な姿は、この前も同じ席に座っていた。なのにやっぱり年齢が違う。髪の半分は白髪で、猪口を傾ける手の甲は骨張って、シミが浮いていた。

頭が混乱して、軽いパニックに陥る。もっと近くで確かめたくて、カウンターに近づいた。ふたりの顔を、何度も何度も見比べる。

「あの……十河さん、ですか？」

「へい、そうですが」

「こちらは……沖さん？」

「はい……どこかでお会いしましたか？」

大将と沖さんが、そろってきょとんとする。これは、どういうことだ？　たった二週間で、三十年ほども歳をとったというのか？　まさか、そんなはずは。ＳＦでもあるまいし。でも、この状況は現実だ。この店が、中の人ごと一気に月日を経過した？

いや、逆か？

あの日、店に行く前に、転びそうになってめまいを感じた。あのときに、葉月の方が時を越えたとでもいうのか？　それではまるで、タイムスリップだ――。

「すみません、この辺りに『十刻』というお店はありませんか？」

ぼんやりしている葉月に業を煮やしたのか、莉子がたずねた。大将が、あっけらかんと応える。

「ああ、そいつもここですよ」と、指で足許を示す。

「え、でも、店名が違いますよね？」莉子が問い返す。

「うちのどら息子が、火曜日だけやってる店でね。火曜はうちの休業日なんです。息子はまだ料亭で修業中の半人前ですが、やらせろと言ってきかなくて」

「うちの酒造馬鹿も、毎週、お邪魔してるようだな。あれはほんとに蘊蓄《うんちく》が長くて。いったい誰に似たんだか」

混乱とパニックの後に、途轍《とてつ》もない安堵がやってきて、倒れそうになった。

「おふたりは、十河さんと沖さんのお父さんだったんですね……よかったあ」

「もしかして、大将と私を、息子たちだと思ったのかい？」

年配の沖さんに言われて、はい、とうなずくと、大将は腹を抱えて大笑いする。

「で、どうします？　火曜日に出直しますかい？」

「ここの焼き鳥は美味しいですよ」

沖さんに勧められ、莉子もいいようとうなずいた。沖さんのとなりにあいた、ふたつの席に落ち着く。

「お飲み物は、何にしましょう？」

「『かるくいっぱい』、お願いします」

莉子は不思議そうな顔をしたが、もうもうと上がる煙の向こうで、あいよ、と大将の声がした。

初出「小説推理」
きのこルクテル　二〇二二年九月号
オイスター・ウォーズ　二〇二二年七月号
ホンサイホンベー　二〇二二年六月号
きみはアガベ　二〇二二年八月号
タイムスリップ　二〇二三年三月号

双葉文庫

お-42-02

ほろよい読書《どくしょ》

おかわり

2023年5月13日　第1刷発行

【著者】

青山美智子《あおやまみちこ》　朱野帰子《あけのかえるこ》　一穂《いちほ》ミチ

奥田亜希子《おくだあきこ》　西條奈加《さいじょうなか》

©Michiko Aoyama, Kaeruko Akeno, Michi Ichiho, Akiko Okuda, Naka Saijo 2023

【発行者】
箕浦克史

【発行所】
株式会社双葉社
〒162-8540 東京都新宿区東五軒町3番28号
［電話］03-5261-4818(営業部)　03-5261-4831(編集部)
www.futabasha.co.jp（双葉社の書籍・コミックが買えます）

【印刷所】
大日本印刷株式会社

【製本所】
大日本印刷株式会社

【カバー印刷】
株式会社久栄社

【DTP】
株式会社ビーワークス

【フォーマット・デザイン】
日下潤一

落丁・乱丁の場合は送料双葉社負担でお取り替えいたします。「製作部」宛にお送りください。ただし、古書店で購入したものについてはお取り替えできません。［電話］03-5261-4822（製作部）

定価はカバーに表示してあります。本書のコピー、スキャン、デジタル化等の無断複製・転載は著作権法上での例外を除き禁じられています。本書を代行業者等の第三者に依頼してスキャンやデジタル化することは、たとえ個人や家庭内での利用でも著作権法違反です。

ISBN978-4-575-52666-0 C0193
Printed in Japan

双葉文庫　好評既刊

ほろよい読書

織守きょうや
坂井希久子
額賀澪
原田ひ香
柚木麻子

今日も一日よく頑張った自分に、ごほうびの一杯を。酒好きな伯母の秘密をさぐる姪っ子、自宅での果実酒作りにはまる四十路のキャリアウーマン、実家の酒蔵を継ぐことに悩む一人娘、酒が原因で夫に出て行かれた妻、保育園の保護者達からオンライン飲み会に呼ばれたバーテンダー……。今をときめく5名の作家が「お酒」にまつわる人間ドラマを描いた、心うるおす短編小説集。